Im Dutzend witziger

Gestern wussten wa nich, wie man Antologie schreipt …

… und heute sind wa selber eine.

Torsten Buchheit, Monika Kubach (Hrsg.)

Im Dutzend witziger

Bibliografische Information der Deutschen Nationalbibliothek
Die Deutsche Nationalbibliothek verzeichnet diese Publikation in der Deutschen Nationalbibliografie; detaillierte bibliografische Daten sind im Internet über http://dnb.d-nb.de abrufbar.

Layout und Satz: Manuela Wirtz, Torsten Buchheit

Coverdesign: Manuela Wirtz, www.manuwirtz.de

2. Auflage 2016

Herstellung und Verlag: Books on Demand GmbH, Norderstedt
ISBN 978-3-7392-2381-0

Inhaltsverzeichnis

Anhang

Statt eines Vorwortes

Siggi Penn-Ybel vom Literaturmagazin »Kleingeist« im Gespräch mit Torsten Buchheit und Monika Kubach, den Herausgebern der Anthologie »Im Dutzend witziger«.

Siggi Penn-Ybel (lächelt): Liebe Frau Kubach, lieber Herr Buchheit, das von Ihnen gemeinsam herausgegebene Buch ist für den diesjährigen Literaturzobelpreis nominiert. Wie fühlen Sie sich?

Torsten Buchheit: Also ich freue mich. Ich meine, gut, wir bekommen ja zahlreiche Ehrungen jedes Jahr, aber der Zobelpreis, das ist doch wieder was ganz Besonderes.

Monika Kubach: Seit ich das gegoogelt habe, freue ich mich sehr, denn dieser Preis ist nun doch etwas nobler als der Literaturpopelpreis, den ich seit letztem Jahr über der Toilette hängen habe. Es ist eben sehr wichtig, an seinem Niveau zu arbeiten!

Torsten Buchheit: Du hast einen Popelpreis? Wußte ich gar nicht.

Monika Kubach: Ja, der wird jährlich an den skurrilsten Newcomer-Literaturpopel verliehen. Ich war auch überrascht, als ich die E-Mail bekam: »Sie haben gewonnen!«

Torsten Buchheit: Ich bekomme immer nur Mails, in denen es heißt: »Sie haben eine Million gewonnen.« Da muss man dann nur eine Bearbeitungsgebühr überweisen und so.

Monika Kubach: Bei mir waren es 599,99 Euro für Porto und Verpackung. Der Preis muss ganz schön groß und schwer sein! Leider ist er noch immer nicht bei mir eingetroffen. Wahrscheinlich streikt die Post mal wieder. Deshalb habe ich bis jetzt lediglich die Urkunde an einem Ehrenplatz aufgehängt.

Siggi Penn-Ybel (recht blaß): Was machen Sie eigentlich mit dem Preisgeld, wenn Sie gewinnen?

Torsten Buchheit: Ich mach' einen Rechtschreibkurs.

Monika Kubach: Wozu? Du schreibst doch schon mit rechts.

Torsten Buchheit: Stimmt eigentlich. Da sollte ich wohl eher einen Linkschreibkurs machen. Es wird ja doch alles nur noch verlinkt.

Siggi Penn-Ybel: Wie reagierten Ihre Autorenkollegen auf die Nominierung?

Torsten Buchheit: Die meisten hatten noch nie von diesem Preis gehört. Einige waren jedoch über den Zobelpreis erstaunlich gut informiert. Seltsamerweise alles Leute aus einem Pelzhandelsforum.

Monika Kubach: Ich bekam viele begeisterte Zuschriften aus Würfelspielforen, bis sich herausstellte, dass es sich um eine Verwechslung handelte. Sie hatten angenommen, unser Buch sei für den Literaturknobelpreis nominiert.

Siggi Penn-Ybel (lockert seine Krawatte): Was hatten Sie sich denn von der Herausgabe des Buches versprochen?

Monika Kubach: Ich hatte ja eigentlich gehofft, dass bei dem Buch ein Liter Atur herausspringt. Oder wenigstens ein halber.

Torsten Buchheit: Da hast du Pech. Bei meinen Büchern ist noch nie mehr als ein Schnapsglas voll Atur rausgekommen.

Siggi Penn-Ybel (schwitzt): Haben Sie für das Buch viel recherchieren müssen?

Monika Kubach: Recherche ist wichtig! Als Torsten mich fragte, ob ich mich an diesem Buch beteiligen möchte, habe ich mir erst einmal fünf Fachbücher über Historische Anthropologie ausgeliehen. Nachdem ich mich eingearbeitet hatte, putzte ich meine Brille und stellte dann aber fest, dass er eine humoristische Anthologie herausgeben wollte.

Torsten Buchheit: Ach, immer diese Fremdwörter. Eigentlich wollte ich ja nur ein Buch herausgeben.

Monika Kubach: Nur eins? Upps! Ich habe den Autoren versprochen, dass jeder Leser so viele Exemplare kaufen kann, wie er möchte. Da wird Tante Agathe aber sauer sein!

Torsten Buchheit: So ein Quatsch. Ich gebe als Herausgeber nur ein einziges Buch heraus. Wenn die Autoren mehr Bücher wollen, dann sollen sie den Lesern selber welche schreiben. Dafür sind die doch Autoren, oder etwa nicht?

Monika Kubach: Sagst du es ihnen? Ich muss dringend weg …

Torsten Buchheit: Ich auch …

Siggi Penn-Ybel (nach Luft ringend, vor zwei leeren Stühlen): Wir danken für das Gespräch.

Nicolas Fayé

Wie schreibt man eine humorvolle Kurzgeschichte?

Da sitze ich an meinem Schreibtisch und überlege krampfhaft, wie man eine humorvolle Kurzgeschichte schreibt. Das sollte mir eigentlich nicht schwerfallen, sprühe ich doch vor Witz und Elan. Frischen Kaffee gemacht und los geht's. Nachdem ich den angeknabberten Bleistift (Wer kaut an Schreibgeräten?) durch einen neuen ersetzt habe, mache ich mich frohgemut ans Werk. Wie lang ist eigentlich eine kurze Geschichte? Ein Blick ins Bücherregal soll mir einen Wink geben. Einfach ein Buch rausgezogen und begonnen, die Wörter zu zählen. Nach drei Seiten habe ich das Zählen abgebrochen und überlegt, ob es nicht viel besser wäre, die Zeichen zu zählen. Das hält man so etwa drei Zeilen durch, dann ist Kaffeepause angesagt.

Also zurück an den Schreibtisch und festgestellt: Der Kaffee ist inzwischen kalt. Ich überlege, wie stark die Koffeinwirkung bei kaltem Kaffee ist. Darüber wurde wahrscheinlich noch nie eine Studie gemacht, und ich vermerke auf meiner To-do-Liste, dass dies dringend notwendig wäre. Alleine, um ratlose Autoren nicht völlig im Regen stehen zu lassen. Ein Blick aus dem Fenster bestätigt meine Befürchtungen – es regnet. Na toll, wie soll man etwas Humorvolles bei diesem Wetter schreiben. Humor ist eine Schönwetterangelegenheit. Worüber soll ich schreiben? Vor allem – was soll ich schreiben? Mir fällt beim besten Willen nichts ein. Das Gehirn ist wie leergefegt.

Böse Zungen würden jetzt behaupten, das sei der Normalzustand. Ich würge den kalten Kaffee hinunter und rede mir ein, dies würde meinem Elan jetzt neuen Antrieb geben. Frischweg den angekauten Bleistift (Wieso ist der neue Bleistift angeknabbert? Ich muss mal diese Firma anschreiben.) auf die Seite gelegt und einen neuen genommen. Gott sei Dank sind in diesen Paketen immer zwölf

Stück. Ich kontrolliere die Menge und stelle fest, dass drei Stifte bereits eindeutige Kauspuren aufweisen. Wie kommt eine solche Schlamperei durch eine ordentliche Qualitätskontrolle? Und was macht mein Haustürschlüssel bei den Bleistiften? Nach gefühlten zwei Stunden anstrengender Autorenarbeit beschließe ich, die bereits niedergeschriebenen Wörter zu zählen. Das heißt, ich würde sie zählen, wenn auf dem Blatt welche zu finden wären. Die Seite ist völlig jungfräulich. Sicherheitshalber drehe ich sie um, finde aber auch die Rückseite unbeschrieben. Den Versuch war es wert. Wahrscheinlich liegt es an diesem zerkauten Bleistift. Ich nehme also einen neuen.

Was wollte ich eigentlich? Ach ja, eine humoristische Kurzgeschichte schreiben. Wie geht das? Normalerweise schreibe ich todernst und jetzt sitze ich mit gemischten Gefühlen vor einem leeren Blatt Papier, das gefüllt werden will. Sie wissen, was gemischte Gefühle sind? So etwas hat man, wenn die Schwiegermutter mit dem brandneuen Wagen in einen Abgrund fährt. Eine Idee, ein funkensprühender Gag. Sofort aufschreiben, bevor ich ihn vergessen habe. Wo ist der Bleistift? Ich suche auf dem Schreibtisch und finde ihn zwischen den Zähnen. Wie kommt der dahin? Warum hat mein Zahnarzt den beim letzten Besuch nicht gefunden? Zumindest habe ich jetzt einen Satz geschrieben. War der gut? Ich brauche Bestätigung und durchsuche das ganze Haus nach irgendeinem, der meinem Genie huldigen kann. Außer dem Papagei des Nachbarn, der hier seinen Urlaub verlebt, ist niemand da. Ich lese also diesem intelligenten Tier, das die menschliche Sprache beherrscht, meinen Einfall vor und schaue ihn in Erwartung der kommenden Jubelrufe an.

»Blödsinn«, kräht dieses unwissende Vieh und setzt bestätigend noch zwei »Blödsinn« hinterher.

Papageien können einfach dem menschlichen Intellekt nicht folgen und sind gegen hervorragende Witze völlig immun. Aber ich bin schließlich ein toleranter Mensch und denke mir, dieser hübsche Vogel hat mich nur nicht richtig verstanden. Ich lese also erneut vor, diesmal langsamer.

»Blödsinn«, schallt mir da entgegen, auch langsamer.

Ob Papagei wie Hühnchen schmeckt? Solche Überlegungen treten automatisch auf, wenn man mit diesen fliegenden Pestbeulen zu tun hat. Ich beschließe, dem Mistvieh heute kein Futter zu geben und hänge den Käfig zu. Nachdem ich ihn in den Keller getragen habe, höre ich auch das aufgeregte und verärgerte Krächzen nicht mehr.

Meine Angetraute, die zwischenzeitlich gekommen war, fragt mich peinlich berührt, was denn der Papagei im Keller zu suchen habe und warum ich den Bleistift zwischen den Zähnen hätte. Ihr gefiel der Schwiegermutterwitz auch nicht. Er sei Blödsinn, sagt sie, und ich beschloss, über die Verwandtschaftsverhältnisse zwischen Frauen und Papageien nachzudenken.

Eine kurze Pause täte jetzt gut, außerdem brauche ich neue Bleistifte. Die alten sind alle so angeknabbert. Bis zum Schreibwarenladen sind nur ein paar Schritte und ich erwerbe mir neue Schreibgeräte. Die nette Blondine, die mich immer bedient, weiß sicherlich meinen Humor zu schätzen. Ich erzähle ihr schnell noch den brandneuen Witz in Erwartung ausschweifender Huldigung. Aber dieser hässlichen, völlig humorlosen Person gefiel der Gag auch nicht. Meine Reklamation, die Bleistifthersteller würden immer zerkaute Stifte in die Packungen tun, tat die Matrone hinter dem Verkaufstresen auch nur mit einem Grinsen ab. Ich werde wohl einen neuen Schreibwarenladen mit freundlicherer Bedienung suchen müssen.

Zurück am Schreibtisch überlege ich, welche Themen besonders humorrelevant sein könnten. Vielleicht schreibe ich etwas Sarkastisches über Wuppertal oder Wanne-Eickel. Kommt sowieso aufs Gleiche raus. Auf der anderen Seite könnte das Ärger mit den Bewohnern der entsprechenden Städte geben. Es muss etwas anderes geben. Ich rufe also meine heißgeliebte Schwiegermutter an, erzähle ihr den tollen Witz und lausche danach andächtig dem Tuten in der Telefonleitung. Warum hat der alte Drachen eigentlich wortlos aufgelegt?

Ich bin ein Autor. Das Schreiben liegt mir im Blut. Es kann doch nicht so schwer sein, etwas Humorvolles aufs Blatt zu bekommen. Man erlebt doch tagtäglich lustige Abenteuer. Da wird doch wohl etwas Taugliches drunter sein. Zur Ablenkung und Entspannung schalte ich den Flimmerkasten an und lande bei einer Sendung in einem Privatsender, in der halbnackte Bauern mit ihren Schweinen nach dem Vortragen eines Liedes über hölzerne Bohlen springen müssen, um dann verschiedene Quizfragen zu beantworten. Leider wird diese hochintellektuelle Freizeitbeschäftigung jäh durch Werbung für Babywindeln unterbrochen, so dass ich zum Umschalten gezwungen bin. Auf dem nächsten Sender läuft eine Bundestagsdebatte, aber Realsatire hilft mir bei meinem Problem leider nicht weiter, also aus mit dem Kasten und nachgedacht. Warum sind bei den neu gekauften Bleistiften eigentlich auch angeknabberte Exemplare? Das sollte in Zukunft besser abgestellt werden, wenn die Hersteller mich als Kunden behalten wollen.

Ein Blick auf die Uhr zeigt mir das gnadenlose Fortschreiten der Zeit. Wen könnte ich jetzt noch fragen? Mein Lektor will die Geschichte noch heute lesen. Nur habe ich keine Geschichte, schon gar keine humorvolle. Ich beschließe, dem Ganzen eine schlüpfrige Note zu geben.

Sex sells, wie man so schön sagt. Um sicherzugehen, hiermit keinen Fehler zu machen, rufe ich noch schnell den örtlichen Vertreter der Kirche an (mir fiel kein anderer mehr ein), der jedoch überhaupt nicht von meinen Plänen begeistert ist und äußerst humorlos reagiert. Um die Wogen zu glätten und nicht in Konflikt mit kirchlichen Stellen zu geraten, erzähle ich dem Pfaffen noch flugs den Witz mit der Schwiegermutter und hoffe, damit etwas Gutes getan zu haben. Die Erwiderung bekam ich nur mit einem halben Ohr mit und legte frustriert auf. Dürfen Pfarrer eigentlich fluchen und nicht ganz stubenreine Wörter in den Mund nehmen? Apropos Mund – ich entferne einen zerkauten Bleistift, den ich zwischen meinen Zähnen gefunden habe und beiße in den sprichwörtlich sauren Apfel. Der Griff zum Telefon, um meinem Lektor mitzuteilen, dass es keine Geschichte geben wird, ist die allerletzte Lösung, die nach einem weiteren Blick auf die Uhr unausweichlich wird. Die Erkenntnis trifft mich wie ein Schlag – ich kann keine humorvolle Geschichte schreiben.

Annette Hillringhaus

Zu Risiken und Nebenwirkungen ...

Hallo.

Eigentlich will ich hier gar nicht mitmachen. Ich bin aber dazu gezwungen worden.

ICH!

Ich wurde gebeten, hier einen Beitrag zu schreiben. Ja gut, das ist ja auch selbstverständlich, dass ich gefragt werde. Ich kann mich vor Anfragen gar nicht mehr retten ... Und ich habe ja auch nicht für jeden Firlefanz Zeit.

Jedenfalls habe ich zugesagt – gütig, wie ich nun mal bin – und erst DANN wurde mir mitgeteilt, dass es sich hierbei um ein »humoristisches Buch« handelt. So zum Lachen und so. Na-toll.

Was habe ICH denn damit am Hut? Ich glaube, den Veranstaltern ist das gar nicht klar, wie sehr es bei denen piept. Die hören ja schon nichts anderes mehr vor lauter Gepiepe.

Echt jetzt.

Lachen. Pfff, so ein Quatsch.

Aber die Leute sagen ja immer, Lachen sei gesund. Das ist aber ein völliger Blödsinn.

In Wirklichkeit ist Lachen nämlich total ungesund.

… »Lachen ist gesund«. Phö! So eine Fehldiagnose.

Aber bestimmt ist dieser Satz irgend so ein Hinterhalt, in den man die Leute locken will, um ihnen zu schaden oder so. Ehrlich.

Man muss echt aufpassen, aber dann merkt man eigentlich oft schon von allein, wie gefährlich Lachen ist.

Warum heißt es sonst schlapplachen, krummlachen, scheckiglachen, schieflachen und sogar kaputtlachen?

Ja, warum denn wohl?

Oder noch so einer: Umfallen vor Lachen!

Mir soll mal einer kommen und sagen, dass das mit Gesundsein zu tun hat: Die Leute verzerren das Gesicht, japsen komische Geräusche in die Luft, zucken unkontrolliert am ganzen Körper, krümmen sich, die Augen werden rot und Tränen rollen. Das macht man doch bloß, wenn es einem echt dreckig geht, bitteschön!

Und dann noch'n Beweis, wie schädlich das ist, das Lachen: Es gibt Leute, die gehen mit diesem Gebrechen in den Keller. Die machen das heimlich. So richtige Lach-Junkies. Lachen macht also auch noch süchtig!

Vorsicht, Kinder! Fangt bloß nie damit an!

Vor allem: Was für einen Sinn ergibt es, wenn die Leute vom ganzen Lachen Falten bekommen und dann mit ihren Schrumpelgesichtern zur nächsten Schönheitsfarm rennen, um die Falten wieder wegzubekommen?

Lachen! Ich kann davor echt nur warnen!

Seht mich an: Ich habe eine glatte, straffe Schale. Klasse, oder?

Also, Leute, ich sag's euch: Lasst das mal schön bleiben, das mit dem Lachen.

Ein paar Grüße –

Das kleine rote Osterei

Anke Höhl-Kayser

Mittsommer im Stadtpark

Hinter Anja knackte ein Ast, und Blätter raschelten im Wind. Ihr entfuhr ein Schrei. Um Mitternacht durch die dunkle Natur! Und mochte es auch eine sehr winzige, von Straßen umschlossene Natur sein – aber es war eben trotzdem Natur. All inclusive, mit Bäumen, Sträuchern, unheimlichen Schatten und Geräuschen.

Natürlich war Odin an diesem nächtlichen Spaziergang schuld. Anjas vierjährige Deutsche Dogge hatte eine Magenverstimmung und darauf bestanden, um diese Uhrzeit nochmal Gassi zu gehen. Eigentlich fühlte sich Anja in der Gegenwart ihres Hundes sicher. Nicht, weil Odin gefährlich gewesen wäre. Anjas beste Freundin Sabine nannte den Doggenrüden immer »Herziges Schnuffilein« und »Du mein kleines Sabberschnäuzchen«. Solcherlei Aussagen beschrieben Odins Charakter recht gut. Nein, es war die schiere, respekteinflößende Größe, die potenzielle Angreifer zurückschrecken ließ. An Odin traute sich einfach so leicht niemand heran.

Dumm war nur, dass dieser respekteinflößende, nach dem nordischen Obergott benannte Hund jetzt witterte und lauschte und mit riesigen furchtsamen Augen in die Dunkelheit glotzte, als erwarte er, dass hinter jedem Strauch gleich ein Zombie hervorspringen werde.

Anjas Herzschlag beschleunigte sich. Das war einfach unheimlich.

»Odin, zum Donnerwetter!« Sie unternahm einen verzweifelten Versuch, den Hund abzulenken. »Da ist doch gar nichts!«

Odin blinzelte nur kurz zu ihr hinüber, dann starrte er wieder in die Dunkelheit. Er hatte zu zittern begonnen.

Anja bemühte sich, ihr eigenes Schaudern zu unterdrücken, und schaute sich um. Das Licht der Straßenlaternen hinter ihr funkelte nur noch schwach zwischen den Bäumen durch.

Vor ihr war es stockfinster.

Dann riss sie sich zusammen.

Das alles war komplett albern. Dies hier war der Stadtpark, kein Dschungel auf Borneo!

Es raschelte im Gebüsch, und Anja ächzte erschrocken.

Warum hatte sie bloß keine Taschenlampe mitgenommen?

Odin knurrte. Anja konnte nur mit Mühe einen Schrei unterdrücken. Auf dem Weg vor ihnen raschelte etwas Kleines. Knopfaugen funkelten.

Der Doggenrüde bekam eine Bürste. Anja fasste die Leine fester.

»Es ist doch nur eine Maus«, beruhigte sie ihn. Sie versuchte gleichmäßig durchzuatmen. »Nun hüpf mal nicht gleich auf den Tisch, Odin.«

Sie lachte, und es hörte sich ziemlich echt an. Aber dann lachte jemand zurück, vor ihr, auf dem Weg. Anja ließ vor Schreck die Leine fallen, die sich um ihren Knöchel wickelte. Odin machte einen Satz zurück und riss Anja von den Füßen.

Sie schlug hart mit dem Steißbein auf und hörte die Engel im Himmel singen. Nach einer Weile erkannte sie jedoch, dass tatsächlich jemand sang. Eine zauberhafte helle

Stimme. Das Lied klang äußerst hübsch und wurde mit Inbrunst vorgetragen.

Anja drehte den Kopf. Neben ihr ragte Odin auf, er zitterte immer noch, und jetzt winselte er auch noch. Seine Spucke tropfte auf Anjas Stirn. So viel zum Thema »respekteinflößend«.

Irgendetwas begann auf Anja herumzukriechen. Sie kreischte auf und versuchte es abzuschütteln, aber das Krabbelvieh hielt sich fest.

»Nun hör doch mal auf zu schreien«, sagte eine winzige Stimme.

Anja verschlug es vor Schreck die Sprache.

»Na endlich«, seufzte die Stimme.

Auf Anjas Schulter bewegte sich etwas. Einen Augenblick später wurde es hell. Anja drehte den Kopf, so weit sie konnte, und sah eine Fackel in Streichholzgröße, gehalten von einem faustgroßen Wesen. Es hatte ein entzückendes Kindergesicht auf einem Insektenkörper, und auf dem Rücken trug es Schmetterlingsflügel.

Anja öffnete den Mund zu einem Schrei. Das Wesen riss entsetzt die Hände an die Ohren.

»Bitte nicht anschreien«, sagte es hastig. »Ich habe ein sehr empfindliches Gehör. Das haben wir Elfen alle.«

Anja schluckte den Schrei herunter und atmete mühsam durch.

»Was bist du?«, krächzte sie.

Das Wesen starrte sie an.

»Was ist das denn für eine Frage?«, wollte es mit seiner zarten Stimme wissen. »Wäre es nicht höflicher zu fragen: Wie heißt du? Außerdem habe ich schon gesagt, was ich bin. Ich bin eine Elfe.«

Anja hatte das unbedingte Gefühl, die ganze Szenerie sei surreal.

»Wie heißt du?«, fragte sie automatisch.

Das kindergesichtige Wesen schwenkte die Fackel, schlug adrett mit den Schmetterlingsflügeln und lächelte zufrieden. Es sah einfach süß aus.

»Ich heiße Ylida!«, sagte es fröhlich. »Heute ist Mittsommernacht! Alle Waldelfen feiern zu Mittsommer ein Fest.«

Es hielt inne, runzelte die Stirn und fuhr etwas missgelaunt fort: »Nun, jedenfalls alle Waldelfen, die es hier gibt. Und in diesem kleinen Park gibt es nicht so viele.«

Ylida hielt erneut inne und setzte ihren Satz mit einem noch missmutigeren Gesichtsausdruck fort: »Die anderen

Elfen wohnen im richtigen Wald und feiern da rauschende Partys zu Mittsommer. Aber wir sind hier praktisch allein, und es ist so lustig wie auf einem Begräbnis. Ich glaube, selbst dein Hund ist lustiger.«

Anja sah zu ihrer Dogge hoch. Odin starrte die Waldelfe völlig humorlos an, und seine Augen fielen ihm fast aus dem Kopf. Außerdem stand er in einer Spuckepfütze, die vom Winseln herrührte.

»Ich würde euch gern einladen«, fuhr Ylida eilig fort. »Dich und den – ist das überhaupt noch ein Hund, bei dieser Größe? Egal. Wollt ihr mit uns gemeinsam Mittsommer feiern?«

Anja konnte sich nicht erinnern, jemals etwas Bizarreres erlebt zu haben. Sie lag auf dem Rücken im Stadtpark, einen großen Stein unter dem schmerzenden Steißbein, und eine Waldelfe mit einer Fackel auf der Schulter, die sie zu einem Mittsommernachtsfest einladen wollte.

»Klar«, sagte sie und rappelte sich auf, während die Elfe elegant von ihrer Schulter herunterflog. »Warum eigentlich nicht?«

Die Waldelfe strahlte und entblößte dabei ein nadelscharfes Gebiss. Anja dachte ganz unwillkürlich über ihren Tetanusschutz nach.

Ylida flog vor ihnen her und winkte ihnen mit der Fackel, ihr zu folgen. Nach ein paar Schritten flatterte die Elfe geschickt zwischen den Zweigen eines Ilexstrauches durch, durch den sich Anja mühsam zwängen musste. Odin lief ihr hinterher wie eine Planierraupe, Zweige zerbrachen krachend unter seinen Pfoten. Sie gelangten auf eine kleine Lichtung, auf der ein winziger Tisch mit zwei Bänken daran stand. Überall brannten Streichholzfackeln und verbreiteten ein anheimelndes Licht. Die Bänke und die Zweige der umgebenden Äste waren mit Blumen geschmückt. Viele verschiedene Schüsseln standen auf dem Tisch, mit duftenden Speisen gefüllt. Becherchen mit einer honiggelben Flüssigkeit waren davor aufgestellt. Anja war froh, dass sie schon gegessen hatte, denn von dieser winzigen Mahlzeit wäre sie niemals satt geworden.

Am Tisch saßen drei andere Wesen, alles Elfen wie Ylida. Sie machten ziemlich mürrische Gesichter und flatterten mit ihren Flügeln.

»Unsere Gäste sind da«, verkündete Ylida bemüht fröhlich. Ihre Freunde schienen sich darüber nicht zu freuen, sie verzogen ihre niedlichen Gesichter zu Grimassen.

»Na und«, sagte eine Elfe, die Anja entfernt an eine Schmeißfliege erinnerte, im tiefsten Bass. »Ich hab eh keine Lust auf Mittsommer. Jedes Jahr das Gleiche. Langeweile, Fressgelage, Besäufnis, und am anderen Tag Kotzen und Kopfschmerzen.«

Plötzlich kam Leben in Odin. Er witterte das Mahl auf dem Tisch. Anja durchzuckte der Gedanke, dass Odin, im Gegensatz zu ihr, wegen seiner Magenverstimmung noch kein Abendessen gehabt hatte. Nun schien es ihm besser zu gehen. Deutlich besser.

»Halt«, brüllte sie, »Odin, stopp! Odin, nein!«

Odin dachte überhaupt nicht daran zu gehorchen. Er schoss auf den Tisch zu, riss sein gewaltiges Maul auf und verschlang alles mit einem einzigen saugenden Geräusch: die Festtafel, die Bänke, die Dekoration, die Schalen, die Fackeln. Drei der Waldelfen erwischte er auf Anhieb, die vierte, Ylida, flog kreischend auf. Odin schnappte mit klackenden Zähnen danach. Dann war alles still.

»Ach du meine Güte!« Anja schlug fassungslos die Hände vors Gesicht. »Ach – ach du meine Güte – du hast – du hast die Elfen gefressen!«

Odin schien auch nicht zu verstehen, was über ihn gekommen war. Er setzte sich mit unglücklichem Gesichtsausdruck auf sein Hinterteil und schaute verzweifelt zu Anja auf. An seiner Lefze hing etwas, was vielleicht eine Dekoblume, aber auch ein Elfenflügel sein konnte. Anja versuchte, nicht genau hinzuschauen.

»Böse!« Sie war außer sich. »Böser Hund! Pfui war das! Pfui! Pfui! Pfui! Elfen! Du hast Elfen gefressen!«

Odin senkte betroffen den Kopf. Dann ließ er ein rülpsendes Geräusch hören, noch einmal, und noch einmal, er öffnete das Maul und spuckte alles wieder aus, was er verschlungen hatte.

In einer Pfütze zwischen der angekauten Festtafel, sabberglänzenden Bänken und den Resten ihrer Dekoration standen die vier Waldelfen, schleimig und nass.

»Also, eins muss man dir lassen«, sagte die Elfe mit der Bassstimme anerkennend zu Ylida. »Das war jetzt doch mal was ganz anderes als sonst zu Mittsommer.«

Das Abschiedsgeschenk

Rena räkelte sich wohlig. Gerade eben war die Sonne aufgegangen und schickte ihre ersten Strahlen noch verhalten auf das Fußende des Bettes. Eigentlich hatte sie länger schlafen wollen, da sie um Mitternacht ihren Jan zum Flughafen gebracht hatte und spät ins Bett gekommen war. Zurück würde er sich ein Taxi nehmen. Doch irgendeine Ahnung trieb sie aus dem Bett.

Jan flog in diesem Moment nach Mexiko City zu einem Meeting mit Geschäftspartnern. Es ging um den Bau einer modernen Ferienanlage, was derzeit sein größtes Projekt war. Sie warf sich ihren Morgenmantel über und schlenderte gemächlich in die Küche. Dort brühte sie sich einen Kaffee auf. Rena war ein absoluter Morgenmuffel und vor dem ersten Kaffee praktisch nicht ansprechbar. Heute hatte sie zum Glück Urlaub und konnte es langsam angehen lassen.

Kaum hatte sie den ersten Schluck getrunken, da summte in Jans Home Office das Faxgerät los. Nachricht von Jan? Jetzt schon? Sie zog das Blatt heraus und warf einen flüchtigen Blick darauf. Dann registrierte sie den Text und war plötzlich hellwach. Denn dort stand zu lesen: »Mr. and Mrs. Jan Müller erhielten die Buchungsbestätigung für eine Suite im Mexiko Plaza«.

Tausend Gedanken rasten durch Renas Kopf. Jan war nicht alleine in Mexiko. Und sie hatte er nicht mitnehmen wollen.

»Ach Liebling«, hatte er gesagt, »du wirst dich nur langweilen, weil ich kaum Zeit für dich habe. Und Mexiko City ist zu gefährlich, um dich alleine loszuschicken!« Sie hatte sich notgedrungen gefügt. Doch kamen ihr jetzt viele kleine Begebenheiten der letzten Zeit in den Sinn, die sie nun besser deuten konnte.

Die vielen Überstunden, eine Rechnung vom Blumen-laden, eine neuerwachte Eitelkeit bei Jan, die sich in betont modischer Kleidung, neuer Frisur und einem extrem teu-

ren Rasierwasser äußerte. Sie hatte wohl Tomaten auf den Augen gehabt und ihn immer noch durch die rosarote Brille ge-sehen, denn sie liebte ihn noch wie vor fünf Jahren, als sie zu ihm zog. Rena heulte sich die Augen aus dem Kopf. Den ganzen Vormittag flossen die Tränen unauf-hörlich. Dann end-lich begann ihr Selbstschutz zu funktionieren. Sie musste etwas unternehmen.

Vor allem musste sie aus der gemeinsamen Wohnung raus. Nur wohin? Da fiel ihr ihre Sandkastenfreundin Sonja ein. Gerade frisch geschieden lebte sie noch in der nun viel zu großen Wohnung und suchte seit einer Weile ein kleineres Domizil. Sofort rief sie Sonja an und schilderte kurz ihre prekäre Lage. Spontan sagte Sonja: »Pack deine Siebensachen und komm zu mir. Platz habe ich ja reichlich, gegen 16:30 Uhr bin ich zu Hause. Dann sehen wir weiter.«

Wie gut hatten Sonjas Worte ihr getan. Nun hatte sie ein Ziel und konnte aktiv werden. Zuerst eine Dusche, dann packte sie das Nötigste für einen Tag. Jan würde noch eine Woche weg sein und so hatte sie reichlich Zeit, ihre restlichen Sachen später abzuholen. Gegen 16:00 Uhr machte sie sich auf den Weg. Nach kurzem Zögern nahm sie Jans Cabrio, denn sich so verheult einem Taxifahrer präsentieren oder einen Bus besteigen wollte sie nun doch nicht.

Etwa gleichzeitig mit Sonja erreichte sie deren Wohnung. Sonja, sturmerprobt und praktisch eingestellt, umarmte ihre Freundin tröstend, setzte Kaffee auf und richtete eine Kleinigkeit zu essen. Sie verbrachten Stunden in Sonjas kleiner Küche, bis schließlich Rena vor Erschöpfung förmlich die Augen zufielen und Sonja ihr rasch das Gästebett herrichtete.

Am nächsten Morgen hatte Rena zunächst Probleme, sich zu orientieren. Dann fiel ihr alles wieder ein. Eine unbändige Wut hatte der gestrigen Trauer und Enttäuschung Platz gemacht. Wie konnte Jan es wagen, so mit ihr umzugehen!? Sie würde ihm eine Lehre erteilen, die ihm bis an sein Lebensende im Gedächtnis haften würde!

Am gestrigen Abend hatte Sonja vorgeschlagen, dass Rena dauerhaft als Untermieterin zu ihr zog und sie nun zu zweit die große Wohnung behalten konnten. Da sie voll möbliert war, kamen zunächst keine dringlichen Anschaffungen auf Rena zu. Von Jan wollte sie nichts. Sie fuhr zum Penthaus, um ihre Sachen zu packen. In zwei Fahrten hatte sie alles in Sonjas Wohnung geschafft. Ihre eigenen Möbel waren vor fünf Jahren eingelagert worden, denn sie passten nicht zu der Designereinrichtung von Jan. Nun dachte sie daran, sich wieder mit ihren persönlichen Sachen zu umgeben. Wie hatte sie sich nur so verlieren können? In allem war sie Jan gefolgt und hatte ihm blind vertraut. Die Kontakte zu ihren Freunden waren allmählich versandet. Nur Sonja war geblieben.

Doch er hatte sie nicht ungestraft hintergangen! Beim letzten Rundgang durch die geräumige Wohnung kamen ihr einige Ideen. Schon beim Packen ihrer Kleidung hatte sie seine Kaschmirpullover im Kleiderschrank gefunden und kurzerhand in die Waschmaschine gepackt – selbstverständlich im Kochwaschgang.

Seine Maßanzüge weichte sie mit Chlorbleiche in der Badewanne ein. Das teure, neue Parfum gab dem Sofa ein ganz eigenes Aroma und der Rasierschaum war das Sahnehäubchen auf Jans Münzsammlung. Eine besondere Idee kam ihr angesichts des Kräuterbeets im Dachgarten. Sie wässerte den teuren Florteppich im Wohnraum und verstreute großzügig Kressesamen darauf. Bei seiner Heimkehr würde Jan eine grüne Oase vorfinden.

Dann sprach sie noch eine neue Ansage auf den Anrufbeantworter, die ihr eine leichte Röte auf die blassen Wangen zauberte. Ihren Wohnungsschlüssel warf sie in den Briefkasten; das war der Abschluss eines Lebensabschnitts. Nun fuhr sie das teure Cabrio zum Reitstall außerhalb der Stadtgrenzen, wo Jan sein Reitpferd eingestellt hatte, und parkte es etwas versteckt hinter der Scheune.

Sie begab sich in den Stall zu Hector, dem rassigen Halbblut, tätschelte ihn und gab ihm eine Mohrrübe. »Dich werde ich vermissen, mein Schöner!« Das Tier schmiegte seine Nüstern an ihren Handrücken und schien zu verstehen, dass dies ein Abschied war. Rena gab sich einen Ruck, griff sich eine Forke und mistete Hectors Box aus. Die volle Schubkarre rollte sie hinter die Scheune und verteilte peu à peu Hectors Hinterlassenschaft im Inneren des Cabrios.

Es stank bestialisch. Besonders die Ledersitze würden sich einer Reinigung verweigern und ihn langfristig an diese Ladung Mist erinnern. Das würde ihn mehr als alles andere treffen, denn in Wirklichkeit liebte er nur sich selbst und an zweiter Stelle kam dieses verfluchte Auto. Selbst Hector rangierte dahinter.

Rena wusch sich im Stall die Hände, säuberte notdürftig ihre Schuhe und machte sich auf den Weg zur nächsten Bushaltestelle. Als der Bus anhielt, stieg sie mit einem Lächeln ein. »Wohin?«, fragte der Busfahrer. »In ein neues Leben«, hätte sie fast gesagt, besann sich noch im letzten Moment und verlangte ein Ticket zum Marktplatz.

Ja, ein neues Leben ohne Jan und viele unnötige Luxus-artikel, aber dafür mit mehr Eigenleben und dem Besinnen auf ihre eigenen Fähigkeiten und Interessen. Möge er glücklich werden mit Mrs. Müller in seiner grünen Oase. Neues Leben, ich komme!

*   *   *

»Liebling, da bin ich wieder. Ich habe meinen Abtei-lungsleiter dabei, wir mussten uns in Mexiko ein Zimmer teilen und jetzt braucht er noch Akten. Bist du da? Was riecht denn hier so komisch? Liebling? Liiiiebling?«

Ulrich Borchers

Haustürgeschäfte

Seine Stimmung näherte sich einer leichten Depression. Nun, ein wenig melancholisch war er schon immer. Diese Versicherungsfritzen, Telefonanbieter, Kleidersammler, Staubsaugervertreter, Call Center usw. hatten die Preise verdorben. Die Menschen waren von vornherein skeptisch und aggressiv, wenn er sie besuchte. Alle glauben, er wolle sie über den Tisch ziehen. Na ja … was soll's. Es ist schließlich sein Job. Er stand Erna Petersen gegenüber und fing gerade an: »Ich bin gekommen, weil Ihre Zeit …«

Der Rest ging in einem ohrenbetäubenden Lärm unter. Oma Petersen hatte ihre Trillerpfeife, die sie zur Abwehr unliebsamer Besucher immer dabei hatte, gezogen und blies energisch hinein. »So kann ich nicht arbeiten«, dachte der Tod resignierend.

Fischzug

Es regnete Bindfäden. Eddie Fischer, auch Schmierlapp genannt, schlurfte missmutig durch die Hafenstraße. Sein Blick fiel auf den neuen Geländewagen seines Hausarztes, der schon seit einigen Tagen vor der Praxis stand. Der schien ja Kohle zu haben ohne Ende. Er dagegen? Seine Geschäfte liefen schlecht. Es war Zeit, das zu ändern. Doch es sollte kein guter Tag für Schmierlapp werden.

Mit quietschenden Reifen hielt ein Kleinbus neben ihm. Die Tür wurde aufgerissen und zwei Gorillas vom Typ schlechtgelaunter Preisboxer sprangen heraus. »Der Padre hat Sehnsucht nach dir, Schmierlapp.«

Eine halbe Stunde später saß Eddie unruhig auf einem teuren Stuhl im Büro des Padre. Seine trüben Augen suchten nach einer Fluchtmöglichkeit. Ein Gorilla öffnete die Tür, und Cornelio »Coco« Smacrone kam herein. Der Padre. Er war winzig klein, nicht viel größer als eins fünfzig, dafür aber fett, unglaublich fett, und in seinem Gesicht funkelten kleine, rote Schweinsäuglein recht tückisch. Ein falsches Grinsen verzog seinen Mund. »Schmierlapp, lieber Schmierlapp, wie laufen die Geschäfte?« Er zündete sich eine dicke Zigarre an und begann, asthmatisch zu husten.

»Schmierlapp, du weißt hoffentlich noch, dass ich dir vor sechs Monaten etwas Geld für dein Geschäft geliehen habe. Nächste Woche ist die Kohle fällig, und ich wollte dich fragen, ob damit alles klar ist …«

Eddie hasste den Padre, dieses fette Schwein. Natürlich wusste er, dass demnächst Zahltag war. Mit Zinsen 100.000, fällig nächste Woche. Er hatte aber nur 50.000. »Alles bestens, Padre«, stammelte er. »Gar kein Problem.«

»Gut, gut. Ich weiß, dass du das Geld zurückzahlst. Im Handumdrehen. Oder im Armumdrehen.« Der Padre begann zu lachen und gleichzeitig zu husten. Ja, verreck, du Schwein! Sein Hustenanfall steigerte sich, bis er einen riesigen braunen Schleimklumpen auf den Teppich spuckte. Bestimmt hatte er Tuberkulose. Oder noch Schlimmeres. Wenn Eddie etwas noch mehr fürchtete als den Padre, dann waren das ansteckende Krankheiten. Doch der Padre fing sich wieder und bedeutete den Gorillas, Eddie an die frische Luft zu setzen.

Eddie lief zum zweiten Mal für heute am Geländewagen seines Arztes vorbei, und in seinem Kopf reifte ein Plan. Mit seiner uralten Karre würde er nicht mehr weit kommen. Aber ein kleiner Tausch … Der Doktor war ungefähr so alt und so groß wie er. Er würde ihn abknallen, in die alte Karre setzen, seine eigenen Papiere dazu, dann anzünden und die Reste über die Klippe ins Meer schieben. Und dann mit dem Geländewagen und den 50.000 ab in ein neues Leben.

Auf dem Fischmarkt wählte Eddie mit Bedacht einen Hering und ließ ihn sich in eine alte Zeitung einwickeln. Dann schlenderte er in Richtung Bank. Es gab noch einiges zu organisieren heute.

*   *   *

Eddie lag auf der Lauer. In der einen Manteltasche die 50.000. In der anderen Manteltasche einen Revolver und den eingewickelten Fisch, um es wie einen Mafiamord aussehen zu lassen. Es war schon dunkel, als die letzte Arzthelferin die Praxis verließ. Nur der Doktor war noch da: Licht im Sprechzimmer. Für Eddie war das Türschloss kein Problem. Er schob sich ins Sprechzimmer, wo der Doktor versuchte, einen altersschwachen Computer zu reparieren. Die Praxis schien doch nicht so viel abzuwerfen, obwohl der Doktor immer viel zu tun hatte.

»N'Abend, Doktor!«

»Herr Fischer! Was machen Sie denn hier?« Die grauen Augen fixierten ihn abschätzend.

Eddie setzte sich ungefragt auf den klapprigen Patientenstuhl an dem abgewetzten Schreibtisch und schielte auf die Schachtel mit der Keksmischung, die offen auf dem Schreibtisch stand.

»Hey, Finger weg! Was wollen Sie?«

Eddie zog die Pistole aus der Tasche: »Ihren neuen Geländewagen, Doktorchen! Bin etwas schlecht zu Fuß die Tage.«

»Das ist nicht mein Wagen, der gehört einem Patienten. Der musste diese Woche notfallmäßig ins Krankenhaus, mit Blaulicht aus der Praxis, und seitdem steht der Wagen hier. Ich bin mit dem Fahrrad da.«

»Ach, Doktorchen! Wer's glaubt ...« Eddie grinste, steckte sich gleich eine Handvoll Kekse auf einmal in den Mund und begann demonstrativ zu kauen und zu schlucken.

»Sind Sie verrückt? Vorhin hat ein Patient mit Lungenpest auf die Kekse gehustet! Das ist hochansteckend und absolut tödlich!«

Eddie wurde schlagartig blass. Seine Augen traten aus den Höhlen, und er begann zu schwitzen. »Doktor, helfen Sie mir! D... das war nur Spaß, das mit dem Auto. Bitte, Doktor! ... Doktor!«

»Sofort desinfizieren! Ins Labor! Schnell! So machen Sie doch! Dort, auf der Arbeitsplatte, die große Flasche mit dem Desinfektionsmittel! Sofort leer trinken!«

Eddie rannte ins Labor und stürzte den Inhalt der Literflasche hinunter. Um den Mund des Doktors machte sich ein leises Lächeln breit. Er griff in die Keksschachtel, wählte genüsslich einen Schokoladenkeks und begann zu kauen. Dann griff er zum Telefon.

*   *   *

Der Kommissar war alt, zerknautscht und trug einen schäbigen Mantel. »Tja, Doktor, ihr Patient von vor drei Wochen ist heute auf der Intensivstation verstorben. Er hat das Bewusstsein nicht wiedererlangt. An was können Sie sich denn noch erinnern?«

»Was ich Ihnen schon damals sagte: Es war spät. Er stürzte in die Praxis, die Tür war noch offen. Er sagte, zwei Männer hätten ihn gezwungen, eine Flasche leerzutrinken. Er sagte aber nicht, wer die beiden waren. Dann brach er bewusstlos zusammen.«

»Er hatte eine Pistole bei sich. Und einen eingewickelten Fisch, wie bei einer Mafiahinrichtung. Das könnte schon passen. Wir wussten ja, in welchen Kreisen er sich normalerweise bewegte. Und dann noch 1.000 Euro in bar.«

Der Doktor klappte den neuen Laptop zu und stand vom chromblitzenden Schreibtisch auf. »1.000 Euro? Wirklich? Und hier hat er noch nicht mal die Praxisgebühr bezahlt.«

Hungrige Grüße aus der Reha, deine Manu

Diät war gestern.

Heute soll ich mein Gewicht managen, bzw. das, was jenseits vom Ideal zu viel des Guten auf meinen Rippen und Hüfte sitzt. So wie eben heute alles gemanagt wird: das kleine Familienunternehmen (von der Hausfrau) oder das Zeitmanagement (von der berufstätigen Hausfrau). Selbst die vielen Freunde und Bekannte brauchen eine Struktur oder ein sogenanntes »Friendmanagement«, also Facebook-Freunde, Twitter-Follower, SMS-Freunde oder die persönliche Telefon-Liste. Wer es auf diese Liste schafft, gehört zum »Inner Circle«.

Und jetzt muss ich eben auch Kohlehydrate und Fettmengen managen. Gleich am ersten Tag in der Rehaklinik wird dazu eine Bestandsaufnahme von mir gemacht. Ich werde gewogen und gemessen – und für zu schwer befunden.

Das Idealgewicht selber zu bestimmen, ist übrigens viel einfacher, als man denkt, erzählt mir der Arzt launig bei unserer Erstbesprechung. Einfach morgens in die Jeans springen und den Gürtel zuschnallen. Dann solle ich mich mit freiem Oberkörper vor den großen Spiegel stellen und mein Profil betrachten. Ich habe es ausprobiert und garantiere: Es gibt keine zuverlässigere Methode, sich schon so früh am Morgen die gute Laune zu versauen.

Dennoch, keine umständliche Rechnerei über Body-Mass-Index & Co. mehr, der Spiegel betrügt nicht und rechnet auch keine Zahlen schön. Er sagt gnadenlos: »Du bist zu dick! Bäh.«

Aber ich habe ja mit dem Kurarzt eine Zielvereinbarung getroffen, nämlich Gewicht zu verlieren. Und das bitte pronto. In der Reha wird Speed-Abnehmen als Erfolgserlebnis gewertet, um eine Motivation zu geben, danach zu Hause weiterzumachen.

Nur, wie geht das?

Einfach erklärt, mehr Kalorien verbrauchen, als man zu sich nimmt. Also mehr ausgeben, als man einnimmt. Das ist das ganze Geheimnis. Die südeuropäischen Länder haben uns ja mit dem Euro vorgemacht, wie das geht. Oder kennen Sie einen dicken Griechen oder Portugiesen?

Die erste Säule des Gewichtsmanagements ist der Sport. Ein ausgefüllter Therapieplan sorgt für reichlich Bewegung. An etlichen Tagen sind meine Termine so dicht hintereinandergelegt, dass ich sogar zwischen den Anwendungen schnell noch einen Sprint einschieben kann. Damit ist die Sollseite erfüllt.

Auf der Habenseite wird die Nahrungsaufnahme kontrolliert. Das aufwendige Rechnen nach Grundumsatz und Leistungsumsatz, kurz der eigene Kalorienverbrauch, wird einem in der Kur abgenommen. Ohne Ansehen und Gnade werde ich auf 1200 kcal/Tag Reduktionskost gesetzt und bekomme eine Tabelle mit dem Tageskostplan in die Hand gedrückt.

Darin sind die Mengenangaben der erlaubten Lebensmittel aufgeführt, z. B. zwei bis drei Scheiben Käse oder Wurst am Tag – fettarm natürlich.

»Bitte nehmen Sie die Scheiben nur von der schwarzen Servierplatte«, sagt mir die freundliche Ernährungsberaterin. Hier trägt sogar die Geflügelwurst Trauer. Fleisch maximal dreimal die Woche, jeweils nur 100 g, mehr ist nicht. Aufgeteilt wird das Ganze in 55 % Kohlehydrate, 30 % Eiweiß, und der Rest ist Fett, egal, ob im Kuchen & Käse versteckt oder offen als Butter und Öle.

Ein Extra von 100 kcal am Tag ist mir aber doch gegönnt, schließlich sollen Heißhungerattacken auf Kalorienreiches vermieden werden. Nur, dieses Extra soll ich dann unter Genuss verbuchen. Was sind schon 100 kcal? Leider gerade mal nur ein Cookie oder ein Riegel Schokolade, z. B. abends als Betthupferl. Für ein leckeres Stück Cremetorte oder einen Eisbecher mit Sahne muss ich meinen gesamten Wochenvorrat an Extras sammeln.

Nur bei Obst, Salat, Rohkost und Gemüse darf ich zuschlagen. Da macht es auch nichts, dass das gedünstete, salzlose Gemüse schmeckt wie eingeschlafene Füße oder der fettarme Käse eine etwas trockene Angelegenheit ist.

Ich bekomme im Vortrag über gesunde Ernährung das Versprechen, dass sich meine Geschmacksknospen nach drei Wochen umgestellt haben. So lange dauert übrigens meine Kur. Merken Sie etwas?

Und sollte das alles nicht helfen, lerne ich vielleicht bei der Entspannungstherapie, wie ich mir über Auto-suggestion den faden Brokkoli lecker einreden kann:

>>Das Gemüse ist gut,
die Möhrchen sind köstlich,
der Blumenkohl ist würzig ...<<
Ommmmmm.

Pamela Menzel

Der Hungerstreik

»Mutter, hast du es schon gehört?«

»Was denn, mein Junge, was denn?«

»Die Stadt plant im Neubaugebiet weitere Erschließungen und Verkäufe von Grundstücken sowie die Ansiedlung eines Discounters und einer Kindertagesstätte. Sie wollen einen Kreisverkehr bauen. Dafür müssen sie die Straße zu unserer Gärtnerei sperren. Mutter, wir müssen was tun!«

»Was denn, mein Junge, was denn?«

»Die Verantwortlichen bei der Stadt möchten sich mit uns zusammensetzen und die Details erläutern. Wir haben Januar, die Sperrung soll im April vorgenommen werden und etwa acht Wochen andauern. Ich rufe beim Amt an und vereinbare sofort einen Termin. Wir müssen was tun!«

»Mach das, mein Junge, mach das.«

»Mutter, warum bist du nicht fertig? Wir müssen zum Bürgermeister.«

»Geh du mal, mein Junge, geh du mal.«

»Mutter, in erster Linie musst du dort hin, es ist deine Gärtnerei.«

»Du machst das schon, mein Junge, du machst das schon.«

»Mutter, die bei der Stadt haben geplant, eine Vollsperrung der Landstraße vorzunehmen. Wir sind dann nicht mehr vom Zentralort erreichbar. Unsere Kunden müssen einen Umweg über die Dörfer in Kauf nehmen, um bei uns einzukaufen. Die Stadt hat zugesagt, eine entsprechende Beschilderung für uns vorzunehmen, aber das wird nicht reichen, wir müssen uns unbedingt selber kümmern.«

»Wie denn, mein Junge, wie denn?«

»Lass uns mal überlegen. Was haben wir für Möglichkeiten? Als Erstes müssen wir nach all den Jahren endlich mal die Werbetrommel rühren. Du musst von deinen Prinzipien abweichen und Geld für Werbung ausgeben.«

»Nein, mein Junge, nein.«

»Mutter, wir benötigen Zeitungsanzeigen, wir sollten Flyer und Plakate entwerfen und drucken lassen und für eine weite Streuung sorgen. Wir müssen unserer Stammkundschaft unbedingt mitteilen, dass wir trotz der Vollsperrung geöffnet haben, und sie ihre Pflanzen auch weiterhin bei uns beziehen können. Das alles verbinden wir mit einer Aktion, um die Kunden fester an uns zu binden.«

»Was für eine Aktion, mein Junge, was für eine Aktion?«

»Hm, lass mal überlegen. Ja, das könnte klappen. Jeder Kunde, der in der Zeit der Straßensperrung den Umweg zu uns auf sich nimmt, bekommt einen Gutschein für einen späteren Zeitpunkt, am besten für die Adventszeit. Wir schenken ihnen einen Weihnachtsstern, ein kleines Gesteck oder eine Kerze. Die Hauptsache ist, dass sie merken, wie dankbar wir sind, dass sie keine Mühen gescheut haben, um bei uns zu kaufen.«

»Nein, mein Junge, nein. Das wird viel zu teuer und zu aufwendig. Das können wir billiger, wenn nicht sogar kostenlos schaffen.«

»Mutter, wie soll das bitte gehen?«

»Lass mich mal machen, mein Junge, lass mich mal machen.«

»Mutter, jetzt sind es nur noch zwei Wochen bis zur Sperrung. Das Wetter war diesen Frühling sehr schlecht, unsere Umsätze sind kaum der Rede wert. Wir sollten noch einmal ein Gespräch mit der Stadt suchen.«

»Mach das, mein Junge, mach das.«

»MUTTER!«

»Du machst das schon, mein Junge, du machst das schon.«

»Mutter, die Stadt wird den Baubeginn des Kreisverkehrs und der Straßenanbindung um zwei Monate nach hinten auf Mitte Juni bis Mitte August verschieben. Sie räumen uns so die Möglichkeit ein, den umsatzschwachen Frühling vielleicht mit dem jetzt guten Wetter noch auffangen zu können, aber wegen der Sperrung müssen wir nun endlich etwas unternehmen. Deine Rede ist doch immer, unser Betrieb sei schuldenfrei und solle es auch bleiben. Wie kannst du hier so ruhig sitzen? Machst du dir keine Sorgen?«

»Nein, mein Junge, nein.«

»Mutter, heute war der erste Tag der Straßensperrung, und es waren nur vier Kunden im Geschäft. Wenn das die ganzen zwei Monate so geht, werden wir einen Überbrückungskredit aufnehmen müssen.«

»Nein, mein Junge, nein.«

»Mutter, du machst mich wahnsinnig!«

»Keine Sorge, mein Junge, keine Sorge. Ab heute gehe ich in den Hungerstreik.«

»Bitte, was machst du?«

»Hungerstreik, mein Junge, Hungerstreik.«

»Mutter, was für ein Blödsinn! Wie soll uns das helfen?«

»Lass mich mal machen, mein Junge, lass mich mal machen.«

»MUTTER!«

»Also gut. Hör zu, mein Junge, hör zu. Wir werden meinen Hungerstreik so richtig vermarkten. Ich habe bereits eine Facebook-Seite angelegt, einen Blog ins Internet gestellt und dafür gesorgt, dass sämtliche Tageszeitungen im Umkreis von unserer Lage erfahren. Es wird nicht lange dauern, bis es hier vor Presseleuten nur so wimmelt. Mit etwas Glück werden wir es bis ins Fernsehen schaffen. Flyer und Plakate? Mein Junge, modernes Marketing geht anders.«

»Aber Mutter, du kannst doch nicht hungern!«

»Werde ich auch nicht, mein Junge, werde ich auch nicht.«

»MUTTER!«

»Reg dich nicht auf, mein Junge, reg dich nicht auf. Wir werden täglich ein Foto von mir machen, mit leidender Miene und in immer anderen Profilen. Vielleicht zu Beginn mit mehreren Schichten Kleidung, mal sehen. Kein Mensch wird merken, dass ich nicht wirklich hungere.«

»MUTTER!«

»Du wirst sehen, mein Junge, du wirst sehen.«

»Mutter, das Stadtblättchen und der Anzeiger haben angerufen und möchten wegen eines Berichts vorbeikommen. Ich habe beiden für heute Nachmittag zugesagt.«

»Siehst du, mein Junge, siehst du.«

»Mutter, immer mehr Zeitungen möchten über uns schreiben. Verschiedene Social-Media-Gruppen schwappen über vor Mitleid mit uns. Es werden Aufrufe zu Solidaritätskäufen gestartet. Der Bürgermeister wird mit bitterbösen Kommentaren übergossen.«

»Siehst du, mein Junge, siehst du. Und, Junge?«

»Ja, Mutter?«

»Alles kostenlos, mein Junge, alles kostenlos.«

»Mutter, um Gottes Willen, stell dir vor. Du hattest Recht, sogar verschiedene TV-Formate möchten über unsere Gärtnerei und deinen Hungerstreik berichten. Gleich vier Sender haben sich im Laufe des Vormittags gemeldet. Und sogar die Umsätze ziehen wieder deutlich an.«

»Das mit den steigenden Umsatzzahlen muss niemand wissen, mein Junge, das muss niemand wissen.«

»Mutter, ich habe gehört, dass die Gärtnerei Blumenhimmel immer weniger Kundschaft hat, weil alle aus Solidarität bei uns kaufen kommen.«

»Prima, mein Junge, prima.«

»Mutter, wir müssen aufhören, wenn andere anfangen, unter deinem Hungerstreik zu leiden.«

»Ach was, mein Junge, ach was.«

»Mutter, bitte denk doch mal daran, was schlimmstenfalls passieren könnte.«

»Was denn, mein Junge, was denn?«

»Stell dir vor, die Menschen dieser Stadt würden all ihr Geld nur noch zu uns bringen, um uns zu unterstützen und um unsere Blumen zu kaufen. Alle anderen Gärtnereien würden in den Ruin getrieben. Und denk mal weiter, irgendwann könnten vielleicht kaputte Autos nicht mehr zur Reparatur gebracht werden, dann müssten die Werkstätten schließen. Die Menschen könnten nicht mehr zu ihrer Arbeit fahren und würden ihre Jobs verlieren. Es wäre kein Geld mehr übrig für Bücher, Kleidung, Elektroartikel – alle Geschäfte müssten schließen. Die Menschen würden pleite sein, am Ende hätten sie nicht einmal mehr genug Geld für Lebensmittel – alle Supermärkte müssten dicht machen. Die Menschen würden verhungern, die Stadt würde aussterben. Nur wir und unser Geschäft würden dann noch existieren.«

»Junge?«
»Ja, Mutter?«
»Du spinnst, mein Junge, du spinnst.«
»Ja, ich weiß, Mutter.«

»Aber weißt du was, Junge, weißt du was?«
»Was denn, Mutter?«
»Wir hätten die schönsten Friedhöfe und die Menschen die schönsten Gräber mit den schönsten Blumen, mein Junge, mit den schönsten Blumen.«

Sinje Blumenstein

Rauschunterdrückung
oder:
Hätt ich mal einfach nicht gefragt!

Sie:
Schraubt am Stativ, montiert die Kamera, betrachtet versonnen die unter schwiegermütterlicher Akribie in soften Pastellfarben gedeihenden Orchideen.
Zweifel kommen auf.
Wie stelle ich das Ding doch gleich richtig ein?
ISO auf Auto?
Ach, wird schon gehen.
Verschlusszeit 2 Sekunden?
Eher nicht.
Drinnen und Stativ.
Vielleicht doch besser 12 Sekunden.
…
Huch, was ist denn das?
Noch nie gesehen.
Rauschunt.
Komische Abkürzung.
Schnell mal *ihn* fragen.

Sie:
»Duu … was bedeutet denn Rauschunt.?«

Er:
Sieht hoch.
An ihr vorbei.
Schweigt.
Auf seiner Stirn steht:
*»Tja, Weib, hättest du mal die vielen Fachbücher über
digitale Fotografie gelesen, die ich dir besorgt habe. Die
Bedienungsanleitung hätte es aber auch getan.«*

Sie:
Zieht die Braue hoch und dreht sich um.
Stellt Rauschunt. auf »Stark«.
Rauschen kann ja nie gut sein.
Sie linst durch den Sucher und fokussiert das Innenleben
einer weiß-rosafarbenen Phalaenopsis-Schönheit.
Konzentrierte Stille.

Plötzlich fällt *ihm* ein:
»Rauschunterdrückung. Schalt die mal aus!«

Sie:
Gehorcht.
Er wird's schon wissen.
Er hat die Bücher ja alle gelesen.
Der Auslöser klickt.

Drei Tage später …

Sie:
Überträgt die Bilddateien von Kamera zu Rechner.
Erstarrt.
Bildrauschen erster Sahne.

Not!

Die Suchmaschine wird befragt.

Von Kontrastverlust durch Rauschunterdrückung ist zu lesen. Pseudoexperten überschlagen sich mit Tipps und Kniffen, und siehe da …

Das WWW empfiehlt, die Rauschunterdrückung bei **dieser** Kamera nie zu deaktivieren. Die integrierte Rauschunt. leiste mehr, als mit Nachbearbeitung möglich sei.

Zu spät.

Die Software schmilzt Blüten zu Brei.

Rechter Mausklick.

Datei löschen.

Dreiundvierzig Mal.

Er:

»Uund? Wie sind die Bilder geworden?«

Sie:

Schweigt mit blassen Lippen.

Und sucht nach der Dampfunterdrückung.

Schmusebär oder Bettvorleger?

Jeder, der sich irgendwann einmal mit den Themen »online chatten« und »Blind Dates« beschäftigt hat, weiß, dass es davon so einiges zu berichten gibt. Normalerweise wäre ich damals (es war Ende der Neunziger Jahre) niemals auf die Idee gekommen, jemals in meinem Leben online zu »gehen«, wie man so schön sagt, aber ich wurde von meiner Schwester Monika dazu regelrecht animiert, wenn nicht sogar schon fast gezwungen. Weil ich es einfach nicht mehr länger ertragen konnte, habe ich dann also eines Tages nachgegeben. Nach den ersten Versuchen kam dann auch tatsächlich der ein oder andere lustige Chat zustande. Irgendwann traf ich dann auch online einen LKW-Fahrer. Mit Onlinenamen hieß er »Schmusebär« und im Alltag nannte er sich Kalli. Er war 35 Jahre alt, hatte blonde Haare und blaue Augen, und ich chattete munter drauflos mit diesem schmusigen Bären.

Mein Bruder Carsten, der damals seit Kurzem eingezogen war, bot mir an, eine Sounddatei zu kreieren. Ich hatte zwar keine Ahnung, was das war, wollte diese Datei aber unbedingt haben. Und so erstellte ich am PC folgenden gesprochenen Text: »Hallo, mein Schmusebär Kalli, hier spricht dein Engelchen. Ich vermisse dich ganz doll!« Kalli hatte mich ein paar Tage davor zum ersten Mal Engelchen genannt. Ich fand diesen Kosenamen total niedlich, und deshalb schickte ich ihm diese Datei per E-Mail.

Kalli freute sich riesig über meine vertonte Überraschung. Mittlerweile kannten wir uns fast zwei Wochen online und hatten schon ein paar Mal kurz telefoniert. Ich konnte ihn merkwürdigerweise immer nur im LKW erreichen bzw. er mich und dann immer nur auf dem Handy. Als ich ihn fragte, warum ich ihn denn nicht abends einfach mal ganz spontan übers Festnetz anrufen könne, meinte er, dass das nicht möglich sei. Das wunderte mich. Kalli erklärte mir, dass Anrufe übers Festnetz nicht möglich seien, weil nur sein Vermieter den Festnetzanschluss verwende. Er habe als Untermieter lediglich die Berechtigung für die Benutzung des Online-Zuganges. Als ich ihn daraufhin fragte, warum ich ihn abends nicht wenigstens auf seinem Handy anrufen könne, meinte er, dass er zu Hause keinen Empfang habe. Irgendwie machte mich das alles sehr stutzig, aber es blieb mir nichts anderes übrig, als seine Erklärungen notgedrungen zu akzeptieren. Wie gerne hätte ich mal abends oder am Wochenende mit ihm telefoniert. Die absolute Unmöglichkeit der telefonischen Kontaktaufnahme mit meinem Chatpartner trieb mich fast in den Wahnsinn!

Als wir uns fast vier Wochen kannten, machte Kalli den Vorschlag, dass wir uns doch nun endlich mal live und real, sozusagen »in persona«, treffen sollten. Er hatte von mir schon online ein Foto bekommen. Bislang hatte er auch noch keine Zeit gefunden, sich um ein eigenes Foto zu kümmern. Nun war ich ganz aufgeregt wegen unseres Treffens! Er hatte eine sympathische Stimme und schrieb mir auch supersüße Online-Telegramme, obwohl Rechtschreibung nicht gerade seine Stärke war. Ich hatte irgendwie das Gefühl, auf dem besten Wege dazu zu sein, mich in den Schmusebären zu verlieben – oder bildete ich mir das nur ein? Konnte man überhaupt in eine Art Phantom verliebt sein? Ich wusste es nicht, aber ich wollte es unbedingt herausfinden. Mein Bruder bestärkte mich darin, einem Treffen an einem neutralen Ort zuzustimmen, denn er konnte das Liebesgesülze seiner Schwester nicht mehr länger ertragen. Drei Tage später war es dann soweit. Ich war ein nervliches Wrack und hatte mir extra den Nachmittag freigenommen, damit ich mich in aller Ruhe auf mein erstes »Blind Date« vorbereiten konnte. Aber was sollte ich anziehen? Wie würde er gekleidet sein? Ich hatte Kalli wegen der »Kleiderordnung« am Vorabend gefragt, aber hatte von ihm dazu nur eine ausweichende Antwort erhalten. Ich grübelte und entschied mich schließlich für hochhackige, schwarze Pumps, ein enganliegendes, schwarzes Kleid und passende Accessoires. Das sah sehr elegant aus und harmonierte auch perfekt mit dem Klima im Juni. Dann stylte ich meine schulterlangen, rotgefärbten Haare und legte ein unaufdringliches Tages-Makeup auf. Es war gleich 16 Uhr und nun könnte mein Romeo eigentlich bald mal eintreffen, denn so langsam wurde ich ungeduldig!

Kurz nach 16 Uhr klingelte dann endlich das Telefon, und Kalli war am Apparat. Er fand den Weg zu mir nicht (ungewöhnlich für einen versierten LKW-Fahrer, dachte ich). Ich übergab sofort an Carsten, denn mit Wegbeschreibungen hatte ich »nix am Hut«. Mein Bruder übernahm das zum Glück sehr lässig und legte anschließend mit einem Grinsen den Hörer wieder auf. Er meinte, dass er irgendwie ein komisches Gefühl mit meinem Schmusebären habe, aber vielleicht täusche er sich ja.

Eine halbe Stunde später klingelte es. Ich begab mich vom zweiten Stock ins Erdgeschoß und schwebte dabei die Treppenstufen in freudiger Erwartung hinunter, denn nun war es endlich soweit: Dornröschen sollte von ihrem Prinzen wachgeküsst werden!

Als ich die Tür aufmachte, wurde ich von der Hitze fast erschlagen. Dann sah ich jemanden, der sich gegen eine uralte Rostlaube einer undefinierbaren Marke lehnte. Das konnte doch nicht Kalli sein? Das durfte nicht Kalli sein! Er hatte zwar ein nettes Gesicht, aber dann … Mich traf beinahe der Schlag! Er trug Boxershorts, ein T-Shirt und dazu abgetragene Turnschuhe. Wir waren ein unschlagbares Team (eine echte »Lachnummer« – ich mit den superhohen Schuhen und Kalli, der einen Kopf kleiner war als ich). Ich konnte mir lebhaft vorstellen, wie mein Bruder, der uns mit Sicherheit beobachtete, vor Lachen fast aus dem Fenster fiel. Nun bloß die Nerven nicht verlieren, Anita! Ganz locker meinte ich: »Hallo Kalli, super, dass du mich doch noch gefunden hast!« Er umarmte mich und nahm sofort meine Hand. Ich fragte ihn, ob er Lust habe, zu einer Eisdiele in der Nähe zu laufen, und er stimmte zu. Nach kurzer Zeit stöhnte er jedoch, dass die Hitze ihm zu schaffen mache, und er fragte, wann wir denn endlich unser Ziel erreicht hätten. Nach ungefähr 100 Metern Wegstrecke machten wir an einer Bank halt, wo er sich von seinen schweren Strapazen erholen konnte. Meine Güte, sah Kalli erschöpft aus. Ihm lief der Schweiß in Strömen das Gesicht hinunter! Für mich war das Laufen kein Problem. Ich war es gewohnt, mich täglich sehr viel zu bewegen – im Gegensatz zu meinem Begleiter, der in den letzten Minuten um Jahre gealtert schien! Als wir an der Eisdiele eintrafen, war Kalli im Gesicht dunkelrot angelaufen. Hatte er Probleme mit seinem Blutdruck? Zu allem Überfluss trank er auch noch mehrere Kännchen Kaffee und wunderte sich, warum es ihm danach noch schlechter ging.

Mir wurde klar, dass es absolut sinnlos war, dieses Treffen noch lange fortzusetzen. Ich schlug ihm deshalb vor, den Heimweg mit der Tram anzutreten. Kalli war froh, dass ich ihm nicht auch noch den Rückweg in dieser Affenhitze zu Fuß zumutete und schaute mich dankbar an. Irgendwie war er trotz allem süß, als er mich mit seinem treuen Dackelblick anlächelte. Ich bekam sogar Herzklopfen und konnte absolut nichts dagegen tun! Nach der Straßenbahnfahrt begleitete ich ihn noch bis zu seinem klapprigen Gefährt. Bei unserer Verabschiedung meinte er, dass die Zeit viel zu schnell verstrichen sei, und fragte, ob er nicht noch auf einen Kaffee mit zu mir kommen könne. Das wollte ich aber auf jeden Fall verhindern, denn ein Treffen zwischen Kalli und meinem Bruder würde fatal enden. Ich gab deshalb vor, noch sehr viele Dinge erledigen zu müssen. Wir tauschten also nur Wangenküsse aus.

Als ich wieder in meiner Wohnung ankam, erwartete mich Carsten mit den Worten »Na, wie war es denn so mit deinem schmuddeligen Bären?« Ich erwiderte: »No comment!«, woraufhin er sich ein Grinsen nicht verkneifen konnte. Zur Erklärung auf meinen verwirrten Blick hin meinte er dann, es sei doch merkwürdig, dass mein Schmusebär gerade unterwegs sei und offensichtlich eine andere Person sein Passwort benutze. Ich traute meinen Augen kaum, als ich auf den Bildschirm blickte: Just in diesem Augenblick war »Schmusebär« online! Ich schickte daraufhin Kalli sofort eine SMS, um ihn auf den Missbrauch mit seinem Onlinenamen aufmerksam zu machen, aber er antwortete mir, dass dies nicht stimmen könne.

Nun war ich endgültig misstrauisch geworden! Kalli musste davon wissen, eine andere Erklärung gab es einfach nicht! Und dann die Sache mit dem Festnetz, die mir von Anfang an »spanisch« vorgekommen war! Ich beschloss eiskalt, Kalli einem meiner berühmt-berüchtigten Online-tests zu unterziehen. Am nächsten Tag würde ich die Wahrheit ans Licht zerren. Für ihn war ich online »Anita«, aber mein zweiter Name »Princess Myrna« war ihm unbekannt. Ich loggte mich also als Princess ein, schrieb Kalli an und fragte, wie sein Befinden sei. Er wunderte sich zunächst, woher ich ihn denn kenne und ich antwortete: »Sag bloß, du hast mich schon vergessen? Erinnerst du dich denn nicht mehr an mich? Wir haben doch kürzlich miteinander gechattet, Kalli!« Damit hatte ich ihn aufs Glatteis geführt, denn auf einmal meinte er: »Na klar, hallo Gedächtnis! Logo kenne ich dich. Wie geht es dir?«

»Mir geht es gut, und dir?«

»Alles okay soweit, auch meiner Frau und unseren beiden Kindern geht es bestens.« Es verschlug mir fast die Sprache. Nun machte es klick: Kalli war verheiratet! Deshalb die Ausrede mit dem Vermieter und dem Funkloch.

Wie blind ich doch gewesen war, aber bekanntlich macht Liebe ja auch blind, und genau das war mir offensichtlich mit diesem Schuft passiert. »Na warte, das wirst du mir büßen!«, dachte ich. Also schrieb ich ihm Folgendes: »Hallo Kalli, hier ist nicht Princess Myrna. Rate mal, mit wem du gerade chattest?« Daraufhin herrschte Funkstille. (Wahrscheinlich war er gerade von seinem Stuhl gefallen, dieser gewissenlose Schurke!) Ich schrieb trotzdem weiter: »Wie konntest du mich nur so schamlos belügen und mich zur Krönung auch noch ganz unverfroren Engelchen nennen? Dabei bist du verheiratet und hast sogar noch zwei Kinder! Du bist ein ganz gemeiner

Lügenbold und kannst dich mit Münchhausen auf eine Stufe stellen!« Darauf er: »Jetzt stell dich doch nicht so an, Anita. War doch ganz witzig, oder etwa nicht?« Das reichte mir, und darauf antwortete ich auch nicht mehr.

Und was Carsten dazu meinte, werdet ihr euch vielleicht jetzt fragen? Dem war sowieso nach dem Telefonat mit Kalli klar geworden, dass dieser schmuddelhafte Bär, den man am besten als Bettvorleger benutzte, einen mittleren bis schweren Dachschaden hatte. Um mich zu ärgern, spielte er mir noch Monate später immer wieder mal so zwischendurch meine Sounddatei vor, in der »Engelchen« ihren »Schmusebären« ganz doll vermisst hatte. Oh, Mann, ich hasste meinen Bruder.

David Damm

Plagegeister

An einem schwülen Sommertag
Will Kalle raus ins Umland fahr'n
An einen klaren, kühlen See.
Drum lädt er Kind und Kegel ein,
Verstaut auf seinem Dach 'nen Kahn
Und fährt vergnügt auf die Chaussee.

Die Kinder sind ganz zappelig, schrein laut:
»Wann sind wir endlich da?«,
Doch Kalle ignoriert das Spiel.
Sybille quatscht ins Telefon
Und klatscht und tratscht mit Omama,
Indes erreichen sie das Ziel.

Noch fünfzig Meter durch den Wald
Schleppt Kalle das Gepäck samt Boot
Und ruht sich aus im heißen Sand.
Die Kinder flitzen kreuz und quer,
Sybille sonnt sich puterrot
Auf ihrem Deckenplatz am Strand.

Im Wasser schwimmt nun Kalles Kahn,
Er will hinaus ins Schilf am Moor,
Wo es so still und friedlich ist.
Doch wird die Freude rasch getrübt,
Denn Surren plagt sein linkes Ohr,
Wo er extrem empfindlich ist.

Und dann versetzt's ihm einen Stich,
Erst links, dann rechts und überall,
Dass Kalle jault und um sich schlägt.
Das Boot, es wankt und ächzt umher,
Die Mücken bringen ihn zu Fall
Und Kalle wird ins Nass gefegt.

Die Kühlung tut ihm wahrlich gut,
Denn all die Mücken lassen ab,
Doch Kalle schaut nur mürrisch drein.
Ins Boot zurück, das wagt er nicht,
Sonst bringen sie ihn noch ins Grab –
Er schwimmt zurück mit Höllenpein.

Am Strand erwartet ihn die Frau,
Sie schlägt die Hände vors Gesicht:
»Oh Schreck, mein Schatz, was war denn los?«
Mit roten Pusteln übersät
Kratzt Kalle sich im Sonnenlicht
An Armen, Beinen und im Schoß.

Sybille möcht' ihm Gutes tun,
Damit die Qualen schnell vergeh'n,
Und reicht ihm Bienenkuchen dar.
Der Kalle seufzt vor Hochgenuss,
Er kann nicht länger widersteh'n,
Es mundet wie bei Omama.

Der letzte Biss tut höllisch weh,
Dass Kalle brüllt und spuckt wie Pest,
Die Lippe schwillt zum Schlauchboot an.
Sybille sieht's mit off'nem Mund,
Ein Stachel steckt dort tief und fest,
Das Wespentier ist schuld daran.

Mit bloßen Fingern packt sie zu
Und zieht das Projektil heraus,
Ein kleiner Krater bleibt jedoch.
Mit Eis und Zwiebel wird gekühlt,
Der Kalle sieht ganz farblos aus,
Die tauben Lippen zittern noch.

Am Abend, als der Mond erstrahlt,
Die Sonne hinterm Wald verglüht,
Steh'n alle dicht ums Feuer rum.
Sybille mit den Kindern singt,
Und Kalle hat sich eingesprüht
Mit Anti-Mücken-Wespen-Brumm.

Doch plötzlich piekt es ihn erneut
An Füßen, Waden und im Rumpf,
Sogar durch Jeans und Oberhemd.
Der Kalle flucht und tobt und flieht,
Die Bremsen beißen durch den Strumpf,
Er rennt nur, rennt und rennt und rennt.

Monika Baitsch

Der moderne Hutsimpel

Mit Sicherheit kennen wir sie alle auf die eine oder andere Weise. Sie sind unangenehm, besserwisserisch, von oben herab, und ihre Meinung darf und wird nicht infrage gestellt – meinen sie. Früher trugen sie einen Hut. Mein Opa nannte sie deshalb schon damals immer »Hutsimpel«.

Aber die Zeiten haben sich geändert und die »Hutsimpel« auch. Wo sie doch vor Jahrzehnten nur sonntags die erlaubte Geschwindigkeit stark unterschreitend mit gehäkeltem Klopapierhäubchen über der nagelneuen Klopapierrolle auf den Straßen den Verkehr behinderten, finden wir sie heutzutage nahezu immer und überall.

Sie haben sich zu modernen Hutsimpeln entwickelt.

Fahre ich doch neulich gerade mit meinem nagelneuen 5er ganz entspannt mit 180 auf der linken Spur der Autobahn. Gut, das Schild, welches mir mitteilen wollte, dass hier bitteschön nur 130 erlaubt seien, habe ich großzügig ignoriert. Das stellte sich als Fehler heraus! Denn plötzlich, wie aus dem Nichts, tauchte vor mir ein beigefarbener Opel älteren Baujahres auf, deutsche Wertarbeit eben. Eine Notwendigkeit hierfür ließ sich nicht erkennen, jedoch das selbstgefällige Grinsen des Fahrers im Rückspiegel – dicht genug war ich, um das sicher erkennen zu können. Nachdem ich die mir von ihm vorgeschriebene Geschwindigkeit erreicht hatte, konnte mein Vordermann die linke Spur wieder verlassen – sein Ziel war erreicht! Mit einem winkenden Gruß nach dem Motto »Wieder einen Proleten erzogen!« ließ er mich großzügig passieren und meinen Weg fortsetzen.

Oder vor ein paar Tagen im Wartezimmer des Arztes meines Vertrauens: Die ältere Dame, die sich schwerfällig auf dem Stuhl neben mir niederließ, schien es nicht zu interessieren, dass die in meiner Hand befindliche Zeitschrift meine ganze Aufmerksamkeit erforderte.

»Junger Mann, würden Sie mir bitte mal die Jacke aufhängen?«

»Junger Mann, das Wasser dort in der Ecke, ist das für die Patienten? Ach, wenn Sie so freundlich wären ...«

»Sind Sie denn schon häufiger hier gewesen? Ich habe Sie hier noch nie gesehen.«

Auf meine höfliche Antwort, dass ich gerade zugezogen sei, hörte ich mir die Gepflogenheiten der Dorfbewohner mit allen Verhaltensregeln, einzig um nicht anzuecken, an, und war nach vielen »Sie müssen ...« und »Sie dürfen nicht ...« erleichtert, dass die Mitarbeiterin des Arztes sie zur Blutentnahme abholte.

Immerhin wusste ich nun, bei welchem Bäcker ich die günstigsten Brötchen bekam und welcher solidarisch zu meiden sei. Auch, an welchen Stellen im Ort die Dorfpolitesse gerne hinter den Büschen lauerte, und dass der Pfarrer gerne ein Gläschen Rotwein trank, wenn er zu Besuch kam. Eine Lehrstunde, die für mich Neuankömmling nicht mit Geld zu bezahlen war – nach Ansicht der alten Dame.

Ganz aktuell habe ich mich in einem sogenannten Social Network angemeldet. Hier habe ich die allerneuste Form des Hutsimpels kennengelernt. Zunächst war ich stiller Beobachter, denn schließlich verschafft man sich erst einmal einen Überblick über die Gegebenheiten und die Rangordnung der anderen Nutzer. Ordnung muss sein! Mir war klar, dass meine Kommentare im Kreise der Gruppe nicht erwünscht waren und ich mir unbedingt erst das Ansehen einiger verdienen musste.

Einer fiel mir sofort auf! Immer, wenn ein Nutzer eine Frage hatte, wusste er bereits eine Antwort. Einen großen Erfahrungsschatz hatte er und das meiste bereits persönlich erlebt. Dazu kam seine überaus überdurchschnittliche

Intelligenz. Auffällig war, dass er gerne andere Nutzer darüber belehrte, wie sie sich doch gerade auf dem Holzweg befänden. »Aha, ein Alphamännchen«, dachte ich und nahm mir vor, ganz speziell ihn im Auge zu behalten.

Es passierte Folgendes: Es kam ein weiteres Alphamännchen zur Gruppe dazu, welches nicht diese vornehme Zurückhaltung, die mir zu eigen war, an den Tag legte, und es kam, wie es kommen musste. Die beiden gerieten über einen unwesentlichen Punkt, der mir schon gar nicht mehr geläufig ist, in eine Diskussion. Eine unschöne Schlammschlacht zur allgemeinen Erheiterung aller anderen, die weitere Facetten dieser Personen an den Tag brachte.

Es ließ sich weiterhin beobachten, dass sich die bereits erwähnten Teilnehmer des virtuellen Lebens offensichtlich einer Berufung ergeben hatten. Sie ermittelten undercover und das breit gefächert. Sobald sich irgendwo, ihrer Meinung nach, ein kleines Fehlerchen eingeschlichen hatte, waren sie sofort zur Stelle, um dies in der Öffentlichkeit ausführlich zu diskutieren, zu erläutern, zu erklären – den Urheber zu belehren! Ihnen entging nichts, rein gar nichts! Ein Fehler wurde seziert wie eine Kröte. Unverständlich für jemanden wie mich. Wieso konnte man den anderen nicht so akzeptieren, wie er war? Wieso musste jeder noch so kleine Fehler bis ins Kleinste besprochen und jede vermeintliche Verbesserung bis ins kleinste Detail gerechtfertigt und erörtert werden?

Merkten diese Nutzer nicht, dass sie ihre Persönlichkeit auf einem silbernen Tablett präsentierten? Sie wunderten sich, dass man ihnen nicht lobend und ehrfürchtig den roten Teppich ausrollte. Merkten nicht, dass die Undercover-Netzpolizei keine Freunde hatte, keiner sie mochte.

»Mich sollten sie fragen. Mich, denn ich habe bereits alles erlebt, was es zu erleben gibt. Ich opfere meine Zeit, um die Menschen wirklich zu studieren, denn ich habe die Zeit, das zu tun«, denke ich und klappe dabei meinen Laptop zu. Die Dosensuppe wartet. Meine Frau ist mir schon lange davongelaufen. Ich sei nicht beziehungstauglich. Ein Besserwisser! Ausgerechnet ich, wo ich doch einer der loyalsten Menschen bin, die ich kenne.

Aus gesundheitlichen Gründen kann ich nicht mehr am aktiven Arbeitsleben teilhaben. Meine Zeigefinger stehen ab! Sie lassen sich nicht mehr beugen, sind sozusagen ständig erhoben. Ich verstehe überhaupt nicht, warum das so ist. Musste ich doch schon damals in der Schule meine Mitschüler immer wieder darauf hinweisen, wo die wahren Gefahren des Lebens lauerten! Immerzu musste ich diesen Dilettanten, diesen Hutsimpeln erklären – und das unterstreichend mit dem erhobenen Zeigefinger – was besser zu machen sei und wo ihre persönlichen Schwächen lagen. Ich, der einzige Mensch mit dem wirklichen Durchblick! Aber das ist wohl der Welten Lohn …

Ulrich Borchers

Wenn möglich, bitte wenden

Harte Zeiten. Jutta hat Schluss gemacht. Richard verlassen. Nach 23 Jahren Ehe. Er sei nicht mitgewachsen, begründete sie ihre Entscheidung. Jetzt gibt sie Gas. Montags trommelt sie sich frei, dienstags Italienischkurs, mittwochs Schamanismus leicht gemacht, donnerstags Clownkurs und ab Freitag schwoft sie mit Elfriede auf Ü50-Veranstaltungen.

Richard fragt sich, ob er nicht glücklich sein sollte, diesen Aktionismus nicht aus nächster Nähe mitbekommen zu müssen. Gehässigerweise freut er sich, dass Jutta in den vergangenen Wochen nur an Typen geraten sei, die laut ihrer Aussage noch schlimmer seien als er selbst. Das weiß er von Jochen, ein Arbeitskollege Elfriedes. Soll sie bleiben, wo der Pfeffer wächst. Er kommt zwar allein sehr schlecht zurecht, aber immer noch besser, als diese Pseudo-intellektuelle zurückzubekommen. Trotz exzessiven Trommelns hat sie kein Pfund abgenommen. Ganz schön zugelegt in den letzten Jahren. Unattraktiv. Na ja, für Clowns ist es ja nicht schlecht, dick zu sein. Ihm hat sie das immer vorgeworfen. Pah, Männer ohne Bauch gibt es in seinem Alter doch fast gar nicht. Sähe doch unnatürlich aus, und viele Frauen finden Halbglatze sehr attraktiv.

Er hat sowieso die Lösung all seiner Probleme vor sich. Zufrieden reißt er den Deckelverschluss von der Bierdose. Nebenbei läuft Sport, und er sitzt im Unterhemd auf dem Sofa. Undenkbar, solange Jutta noch da war. Erwartungsvoll schaut Richard auf sein Tablet. Er hat sich das Neueste vom Neuen runtergeladen. Das »Beziehungsnavi«. Eine revolutionäre Erfindung, die logische Weiterentwicklung der Partnerbörsen im Internet. Sehr kostspielig, aber was tut man nicht für die Liebe. Einfach seine Traumfrau eingeben, also alles, was man so erwartet, und dann navigiert einen das Ding zum Ziel. Traumhaft.

Zuerst muss er den Start definieren. Persönliche Daten, Vorlieben, Fotos aus verschiedenen Perspektiven, Maße und Gewichte, das hat den halben Abend gedauert. Nun steht der Start fest, und er freut sich, die Zielkoordinaten eingeben zu dürfen. Da wird Jutta aber staunen. Zu allererst mal die inneren Werte. Also ein Herz aus Gold soll sie haben, aber bloß nicht verschwendungssüchtig. Sie soll sein Geld mehren und nicht zum Fenster hinauswerfen. Lustig, spontan und lebensfroh soll sie sein. Keine lange Leitung haben und nicht dumm sein, aber auf keinen Fall eine Intellektuelle. Auf jeden Fall ein wenig dümmer als er, sodass sie zu ihm heraufschaut. Beliebt soll sie sein, aber dabei treu bis in den Tod. Andere dürfen sie zwar mögen und bewundern, aber sie darf nur ihn begehren und anbeten. Dabei darf sie ihn natürlich nicht einengen. Nichts ist schlimmer als eine Frau, die klammert. Sehnsuchtsvoll wird sie zu Hause auf ihn warten, ihm aber keine Vorwürfe machen, wenn er mal unangemeldet länger wegbleibt, gegebenenfalls sogar über Nacht.

Ach ja, hervorragende Kochkenntnisse und Lust am kulinarischen Verwöhnen wären auch von Vorteil. Sie soll Spaß und Freude an der Hausarbeit haben. Äußerlichkeiten sind zwar nicht so wichtig, aber Doppel-D bei Sechziger- bis Siebziger-Taille sollte es schon sein. Knackpo und schlanke, cellulitefreie Beine wären verständlicherweise von Vorteil. Dann wäre auch das Alter fast egal. Na ja, zu alt sollte sie nicht sein, sonst ist das eventuell zu schnell vorbei mit diesen Vorteilen. Immer gut gekleidet, also gerne ein wenig sexy. Aber nicht anrüchig, das sollte sie nur sein, wenn beide unter sich sind. Sie darf dabei natürlich nicht zu fordernd sein und auch mit entsprechenden Enttäuschungen diesbezüglich souverän umgehen. Lange blonde Haare wären von Vorteil. Mittellang ginge aber auch, sie können ja noch wachsen. Wenn sie Geld in die Beziehung mitbringen würde: Hervorragend.

So, das ging doch recht schnell. Immer von Vorteil, wenn man klare Vorstellungen hat. Jetzt nur noch die Route berechnen lassen.

Nach einer Stunde ist Richard total genervt. Das Navi rechnet immer noch. Er mag nicht mehr auf diese Eieruhr schauen. Ach, nun passiert etwas. Das Navi sagt an: »Für die eingegebenen Start- und Zielkoordinaten kann keine Route berechnet werden.«

»So ein Mist«, denkt Richard. Die Werbung hält doch nie, was sie verspricht.

Monika Kubach

Das Märchen vom tapferen Klempnerlein

Es war einmal ein Kundenkönig, in dessen Königreich ein furchtbarer Lärm herrschte. Also hub er an zu sprechen: »Wer mir eine Fußbodenheizungsumwälzpumpe der Marke Dänengruß mit der Gerätenummer R2D20815 bringt und einbaut, den will ich reich entlohnen! Denn mir bleibt ja gar nichts anderes übrig, weil die alte (und damit meine ich nicht mein Eheweib, denn das plappert munter und lebendig vor sich hin) im Pumpenhimmel Harfe spielt und so mächtig Lärm macht, dass sie sogar das Geplapper meines Eheweibes übertönt. Alles hat eben auch seine guten Seiten.«

Alsbald hörte das tapfere Klempnerlein von dem Malheur und machte sich auf den Weg. Es ging durch sieben Wälder, über alle sieben Berge und über sieben Brücken und kam sieben Tage und Nächte später im Königreich des Kundenkönigs an und stank dementsprechend nach Schweiß. Es betrachtete die alte Umwälzpumpe, lauschte verzückt deren Donnergetöse und kratzte sich den Kopf und den Schritt. Als ihm das langweilig wurde, sprach es: »Die ist ja tatsächlich kaputt. Wenn ich das gewusst hätte, hätte ich eine neue bestellt.« Denn der Kundenkönig war zwar ein König, aber es bestand trotzdem keine Veranlassung, ihn das so deutlich spüren zu lassen. Plopp! Und das tapfere Klempnerlein war verschwunden. Und hätte es

nicht den Durchschlag des Stundenprotokolls zurückgelas-
sen, hätte es keinen Beweis für seine kurze Anwesenheit

gegeben. Denn bei dem Lärm im Königreich fiel so ein Kurzbesuch kaum jemandem auf.

Es vergingen sieben Tage und Nächte, aber das tapfere Klempnerlein ließ nichts von sich hören. Und das lag nicht daran, dass der Umgebungslärm so enorm war, dass er das Telefon übertönte. Der Kundenkönig ließ verlauten: »Wer mir eine Fußbodenheizungsumwälzpumpe der Marke Dänengruß mit der Gerätenummer R2D20815 bringt und einbaut, den will ich reich entlohnen. Aber ein bisschen plötzlich! Zack! Zack!«

Doch das tapfere Klempnerlein war gerade aus einem siebentägigen Schlaf erwacht und musste das Teil erst noch bestellen. Fünf Tage später (Inzwischen kannte es eine Abkürzung.) erreichte es das Königreich des Kundenkönigs und baute die Umwälzpumpe ein.

Der König begab sich mit einem großen Eimer in die Schatzkammer, genoss die plötzliche Stille und begann, Gold in einen Eimer zu schaufeln. Denn ihm war klar wie Kloßbrühe, dass die Rechnung märchenhafte Dimensionen haben würde. Plötzlich hörte er ein eigenartiges Klappern. Er begab sich in den Heizungsraum, aber dort war nur ein leises, funktionstüchtig klingendes Surren zu hören. So schritt er von einem Saal zum anderen, bis er die Tür des Arbeitszimmers erreichte, in dem sein Eheweib alberne Märchen tippte und dabei vor Kälte mit den Zähnen klapperte. Es blickte auf und sprach: »Lieblicher Gemahl! Du als Experte kannst mir doch sicherlich sagen, ob die Chance, dass der Trottel die Pumpe richtig herum eingebaut hat, tatsächlich nur 50 % beträgt.« Der König kraulte sich sein bartloses Kinn und grübelte, denn die Wahrscheinlichkeit, von seinem Eheweib einen vernünftigen Satz zu hören, lag leider nur bei 20 %. (Vorschlag des heimischen und alles andere als unvoreingenommenen Lektorats: 2 %) Deshalb entsandte er zwei Kundschafter, die das an Kundschaft anscheinend nicht gewöhnte tapfere Klempnerlein ausspionieren sollten. Sie kannten eine noch bessere Abkürzung, weil sie in Wirklichkeit gar nicht existierten. Denn wer kann sich heutzutage schon Personal leisten! Und so erreichten sie in Windeseile das Heim des tapferen Klempnerleins. Denn dass so eine schräge Figur nur in einem Heim untergebracht sein kann, leuchtet inzwischen wohl jedem Leser dieses Märchens ein. Von der Heimleitung unentdeckt hatte es ein Feuer angezündet, um das es herumtanzte und sang: »Ach, wie gut, dass niemand weiß, dass ich beim Kunden mach' nur Scheiß'!«

Damit war dann alles klar, und der Kundenkönig rief zornig: »Bitte, bitte, liebes tapferes Klempnerlein, bring den Scheiß in Ordnung, auf dass die Füße meines Eheweibes auftauen! Es ist was faul im Staate Dänemark, aber in meinem Heizungsraum ist die Kacke richtig am Dampfen, und das liegt nicht an dem Handwerkerschweißgeruch, der sich trotz Lüftens hartnäckig hält. Also da ist Dänemark ein Dreck dagegen!«

Das tapfere Klempnerlein kratzte sich wieder Kopf und Schritt und schritt mutig zur Tat. Er baute die Pumpe einfach richtigherum ein und märchenhafte Wärme breitete sich im ganzen Königreich aus. Und wenn sie nicht gestorben sind, dann haben sie auch keine kalten Füße.

Und nun, liebe Kinder, passt schön auf: Wenn ihr auch einmal in so einer Geschichte eine Rolle spielen wollt, dann müsst ihr nur Handwerker werden und eine durchgeknallte Autorin in den Wahnsinn treiben.

Anna Dorb

Salzburger Nockerln

Salzburg. Die vermutlich kleinste Weltstadt mit Herz und Charme. Oder wie der Österreicher zu sagen pflegt:

»Weltstadt … mit Herz und Schmäh.«

Der alte Stadtkern hat sich während der letzten Jahrhunderte kaum verändert, sodass sich selbst Wolfgang Amadeus Mozart, seine Zeitgenossen und sogar noch früher Geborene, somit gezwungenermaßen aber auch schon längst wieder Verstorbene, sofort wieder auskennen würden, könnten sie jetzt einen Spaziergang durch die ihnen so vertraute Stadt machen.

Beeindruckend sind nicht nur die Fassaden der Häuser, der Stuck und die aufwendigen Verzierungen. An manchen von ihnen findet man sogar noch die Klöppel, die durch Seile mit Glöckchen verbunden sind und mit denen man früher die Wohnungsinsassen wach läuten konnte.

Ob diese heute auch noch funktionieren, oder die Glöckchen am anderen Ende fehlen oder diese mit Füllmaterial ausgestopft sind, die sie zur Verstummung bringen, damit nicht jedes dahergelaufene Schlitzohr, das zu nachtschlafender Zeit und nach erhöhtem Alkoholkonsum durch die Altstadt zurück zu seiner Unterkunft hatscht, denkt, es wäre das einzige, dem genau jetzt diese weltbewegende und überaus originelle Idee einfällt, an den Seilzügen zu lupfen, nur um die friedlichen Bewohner aus dem Schlaf zu klingeln, kann ich nicht sagen. Werde mich jedoch bei nächstbester Gelegenheit gerne darüber informieren und darüber berichten, sofern es mir nach einem Eigenversuch noch möglich sein sollte.

Dank der dick gebauten Mauern war es wohl schon vor fast tausend Jahren möglich, fünf, sechs oder gar noch weitere Etagen auf sie zu setzen. Und das auch noch mit den damals üblichen, sehr hohen Decken, die hinterher oftmals durch eingefügte Holzkassetten schallgeschützt und Heizkosten sparend ausgestattet wurden.

Hier passen die teilweise morschen Fensterstöcke nur allzu gut dazu. Es wäre ein Affront, diese durch profanen Kunststoff zu ersetzen und so die Gegend zu verschandeln.

Viele Straßen sind gepflastert. Eng und verschlungen so manche Wege. Behausungen gibt es, die wie in die Felsen gemeißelt erscheinen.

Kein Wunder also, dass sich steigende Besucherzahlen von Touristen aus aller Herren Länder überall in der Stadt tummeln. Sie genießen den wunderschön angelegten Mirabellgarten und bestaunen die alten Friedhöfe mit den dazugehörigen Kirchen und Kellern. Sie besuchen die besten Restaurants und Kaffeehäuser und zwischen den Hauptmahlzeiten statten sie den Bosna-Würstelständen auch noch einen Besuch ab.

Verständlich! Denn so eine City-Sightseeing-Tour ist äußerst anstrengend und macht sehr viel Appetit auf diese deftige Balkan-Spezialität.

Immerhin erklimmen nicht wenige noch aus eigener Kraft den Mönchsberg, obwohl sie durchaus auch mit der Bergbahn fahren könnten, und bestaunen die mächtige Burg.

Von oben blicken sie dann wieder hinab auf den Trubel der Stadt. Dieser schaut zumindest stellenweise noch im-

76

mer so aus, als würde man sich in den Kulissen für einen Kinofilm aus den Fünfzigern befinden.

Die zweispännigen Fiaker trotten am Festspielhaus vorbei, wo sie ihre in edlen Roben gewandeten Mitfahrer entsteigen lassen. Diese wiederum werden von Menschen beobachtet, die sich nicht unbedingt in feinen Zwirn geschmissen haben, nur weil Festspielzeit herrscht.

Viele stecken in kurzen Hosen und Röckchen, tragen Sandalen – teilweise mit Socken (!) – und applaudieren eben jenen zu, die keine Socken in Sandalen tragen.

Menschen aller Couleur sitzen auf der hölzernen Tribüne des Domplatzes, und obwohl gerade jemand aus Leibeskräften und von halber Höhe des Berges »JEDERMANN« in die Ferne schreit, ist dieser Platz, entgegen anderslautenden Meldungen just zu dieser Zeit, eben doch nicht für Jedermann zugänglich.

Zu diesem Zweck sollte man(n) – und Frau am besten auch – zumindest über einen gut gefüllten Geldbeutel verfügen.

Blickt man über die Stadt hinweg, erhascht man ein umwerfendes Panorama auf einen Teil der nahe liegenden bayerischen Alpen, und sieht man von der anderen Seite der Burg in die Ferne, bleibt einem die Sicht auf die Salzburger Bergwelt nicht verborgen. Es sei denn, Regenwolken machen einem einen Strich durch die Rechnung, respektive durch den Horizont, dann sieht man gar nichts.

Beinahe ist man geneigt, besonders die Japaner zu bedauern, weil dieses Volk für den Besuch von ganz Europa also Venedig, London, München, Rom, Barcelona, Salzburg und einige andere Städte innerhalb einer Woche gesehen haben muss.

Dennoch, so scheint es zumindest, sind gerade sie imstande, jeden einzelnen Aufenthalt in vollen Zügen zu genießen.

Intensiv saugen sie alle Eindrücke in sich auf.

Und das nicht nur mit ihren Fotoapparaten. Die kulinarischen Spezialitäten werden alle probiert und nicht selten werden ihre Mandelaugen groß und rund, wenn ihnen die Haxen, Braten, Pizzen und Co in Originalgröße serviert werden.

Besonders raffiniert hinsichtlich optischer Täuschungen sind nun einmal die Österreicher, insbesondere die Salzburger. Während ihre ebenso weltberühmte Mozartkugel aus absolut fester Masse besteht, so sind sie wohl die unbestrittenen Weltmeister darin, einem vor allem viel in Eischaummasse versteckte Luft verkaufen zu können, die man aber auch sofort benötigt, weil einem diese schon beim Anblick einer Portion ihrer »Salzburger Nockerln« schlichtweg wegbleibt.

Dabei ist dieser Ausdruck eigentlich ein Widerspruch in sich, denn diese Nockerln, von denen man mit Recht glauben könnte, dass sie auf jeden Fall kleiner als Klopse, Knödel oder Klöße sein müssten, sind genau drei Stück an der Zahl, und jedes einzelne hat beinahe die Größe eines aufgeblasenen Schwimmflügels.

Wenn sie denn dem Koch gelungen sind …

Denn die Schaummasse, aus der diese Nockerln bestehen, ist äußerst empfindlich, und wenn man den Backofen vor Vollendung der Backzeit öffnet, dann fällt die luftig-leichte und schmelzzarte »Möyspeis« (Mehlspeise) binnen Sekunden in sich zusammen.

Wer diese Köstlichkeit einmal an Originalschauplätzen probieren möchte, dem sei geraten, entweder mit einem großen Appetit anzureisen oder sich eine Portion mit mindestens noch zwei Personen zu teilen. Selbstverständlich braucht man außer einem großen Magen auch noch einen großen Geldbeutel. Alternativ würde aber auch eine gut gedeckte Kreditkarte akzeptiert. Vorzugsweise eine goldene, denn billig »weards need« (wird es nicht).

Dafür bekommt man aber nun wirklich etwas geboten, von dessen Erinnerung man sein ganzes Leben noch zehren kann: Ein dreiwelliger Mehlspeistraum in einer Auflaufform, der die neidvollen Blicke aller benachbarten Gäste und/oder Passanten, sofern man außerhalb eines der hübschen Straßenlokale sitzt, auf sich zieht. Die Kamera sollte unbedingt parat liegen, damit man dieses Wunder der Backkunst für alle Zeiten bildlich festhalten und zu Hause, in gedruckter Form in einer dem Objekt angemessen Größe, im Esszimmer an die Wand hängen kann.

Freunde und Bekannte könnten auch mithilfe des Fotohandys unmittelbar per MMS beglückt werden und so in den augenscheinlichen Genuss kommen, zu erfahren, was man selbst gerade eben in diesen Minuten zu sich nimmt.

Nur mitessen können sie leider noch nicht.

Leider deshalb, weil die Salzburger Nockerln einfach eine einzige Wucht sind.

In jeder Hinsicht.

Und eine solche Hinsicht oder Ansicht hat sich letzthin die Elfriede gewährt. Bei einem abendlichen Spaziergang durch die Altstadt Salzburgs flanierte sie gemeinsam mit ihrem Gatten in den engen Gässchen an den gut besetzten Lokalen vorbei. Die Außentemperaturen waren angenehm mild und das Publikum in allen nur denkbaren Kleidungsordnungen vertreten: Vom Schlabberlook bis zum

Smoking und Abendkleid. Wie das halt so ist in dieser Weltstadt.

Elfriede registrierte dies wie immer nur am Rande. Woran ihr Blick jedoch hängen blieb, das war ein kleines, mit drei Personen besetztes, rundes Tischchen, an dem gerade eine Portion Salzburger Nockerln aus der Auflauf- form, die alleine schon die Tischplatte in Anspruch nahm, auf drei Teller verteilt wurde.

Sie stieß ihren Ellenbogen in die Seite ihres Mannes und flüsterte ihm zu:

»Guck! Da sind sie. So schauen sie aus, die Salzburger Nockerln.«

Und Herbert, dessen Aufmerksamkeit eine junge Frau mit einer enormen Oberweite in ansehnlichem Dirndl-Dekolleté auf sich gezogen hatte, die an einem anderen Tisch saß, antwortete schlichtweg staubzuckertrocken:

»Ja. Gigantisch!«

Monika Kubach

Eine Seite aus Ida Obersteyns Tagebuch

Donnerstag, 16.5.2013

Es ärgert mich immer unheimlich, wenn ich sehe, für welchen Mist die Polizei sich Zeit nimmt! Die sollten besser einen Mörder jagen, der Banken überfällt, anstatt friedliche Bürger zu belästigen! Dabei war Kevin ja eigentlich auch gar nicht schuld. Wenn er bei seinen Freunden zu Besuch ist, dann verlasse ich mich darauf, dass deren Eltern auf ihn aufpassen. Ich kann ja schlecht mit seinen fünf jüngeren Geschwistern dort auftauchen, um das selbst zu erledigen, oder? Na, Frau Burkhardt würde Augen machen! Sie ist aber auch eine naive Person! Nur weil ihr Maximilian ein Einzelkind und schon fünfzehn ist, glaubt sie allen Ernstes, sie könne sämtliche Vorsichtsmaßnahmen über Bord werfen. Als Mutter von sieben Kindern kann ich da nur lachen. Mein Kevin ist auch fünfzehn. Trotzdem lasse ich meinen Geldbeutel nicht in seiner Nähe liegen. Natürlich klaut er nicht! Zumindest keine großen Summen. Außerdem wird er ständig von seinen Freunden dazu angestiftet. Gerade dieser Maximilian hat einfach zu viel Geld. Er hat zwar auch nur ein normales Taschengeld, aber seine Eltern erlauben ihm, für die älteren Nachbarn Besorgungen zu machen. Und die stecken ihm wohl reichlich Trinkgeld zu. Ich finde das einfach unverantwortlich! Kevin sieht das und kann natürlich nicht mithalten. Außerdem ist er nach der Schule immer so müde und muss sich dann erst mal bei ein paar Computerspielen ausruhen. Aber diese Frau Burkhardt hat ohnehin komische Ansichten. Angeblich basiert ihre Erziehung auf gegenseitigem Respekt und Vertrauen. Also ich kontrolliere lieber die Zimmer meiner Kinder, wenn sie in der Schule sind. Danach kann ich ihnen dann beruhigt vertrauen. Und dass ich den Autoschlüssel niemals so offen herumliegen lasse, hat durchaus seinen Sinn. Das hat gestern auch Frau Burkhardt einsehen müssen. Jeder Hundebesitzer weiß, dass selbst der wohlerzogenste Hund schwach werden kann, wenn man ihm nur lange genug mit der Wurst vor der Nase herumwedelt. Aber wer seine Erziehung auf Vertrauen aufbaut, der lässt seine Handtasche in der Schublade des Schuhschranks liegen, wenn er Teenager im Haus hat, und wundert sich dann ganz furchtbar, wenn jemand dort den Autoschlüssel herausnimmt und das Familienauto Probe fährt. Kevin hat sich halt gelangweilt. Und weit ist er ja auch nicht gefahren. Deshalb verstehe ich überhaupt nicht, warum jetzt alle so ein Aufheben davon machen! Der Laternenpfahl hat ihn noch rechtzeitig gestoppt, bevor er in die Hauptstraße einbiegen konnte. Und es ist nun wirklich nicht meine Schuld, dass Frau Burkhardt keine Vollkaskoversicherung abgeschlossen hatte. Eigentlich ist es auch unverantwortlich von der Gemeinde, ausgerechnet dort auf dem Gehweg eine Laterne aufzustellen!

Monika Baitsch

Kinder und Mathematik

Wie in jedem Jahr verbrachten wir auch diesen Sommer-
urlaub in einem Feriendorf in Österreich. Nick war damals
gerade fünf Jahre alt geworden, und in diesem Jahr durfte
auch unser achtjähriger Patensohn mitreisen. Es ist dort
üblich, dass jeder nach der Ankunft in der Ferienanlage ein
Fahrrad bekommt und dann alle Wege im Dorf damit
zurücklegt. Die Autos werden am Rand des Dorfes auf den
Parkplätzen abgestellt.

Jetzt hatte unser Sohnemann ein Problem! Er musste
sich entscheiden, ob er nun endlich das Fahrradfahren
lernen wollte oder peinlicherweise im Kindersitz auf
Mamas oder Papas Fahrrad mitfuhr. Die zweite Möglichkeit war für ihn keine Option, denn schließlich war er
immerhin ein ganzes Jahr älter als im letzten Urlaub und
genau genommen schon fast ein Schulkind. Er entschied
sich dazu, endlich mit dem Fahrradfahren zu beginnen. Es
bedeutete für ihn auch ein großes Stück Freiheit, denn in
der Anlage konnte man die Kinder ruhigen Gewissens sich
selbst überlassen, und sein älterer Cousin nutzte das auch
reichlich für sich aus.

Die erste Fahrstunde führte auch direkt zum Erfolg.
Einmal den Weg zum See hinauf und wieder hinunter, und
er hatte das Gefühl für das Gleichgewicht und ... fuhr
endlich alleine!

Endlich konnte er die Verfolgung der älteren Kinder
aufnehmen und fuhr ihnen unbeirrbar hinterher. Ab und
zu kamen sie an unserem Bungalow vorbei, und wir

konnten uns davon überzeugen, dass alles an ihnen noch heil war.

An einem Nachmittag hatten wir uns alle auf dem Dorfplatz versammelt, um gemeinsam Kaffee zu trinken. Die Kinder fuhren wie immer auf den Wegen zwischen den Bungalows umher und hatten ihren Spaß – und wir unsere Ruhe. Man muss erwähnen, dass zwischen den Bungalows Holzverschläge waren, die die Mülltonnen verdeckten. Einfache Holzverschläge, oben offen und vorne ein Eingang, ansonsten schlichte Holzpfähle. Die Horde Kinder näherte sich und fuhr am Holzverschlag vorbei auf die Wiese, als Letzter unser Sohn. Leider war ihm nicht

bewusst, dass man an diesem Verschlag vorbeifahren musste, denn dieser hatte ja nur einen Eingang, aber keinen Ausgang mehr. Er hatte sich wohl zu sehr auf sich und sein Fahrrad konzentrieren müssen und nicht gesehen, wo die anderen Kinder entlanggefahren waren. Er musste sich mächtig beeilen, um sie nicht zu verlieren!

Aus dem Augenwinkel heraus konnte ich erkennen, dass jetzt gleich etwas tüchtig schiefgehen würde, und hielt auch schon den Atem an – für eine Warnung war es bereits zu spät. Es gab ein fürchterliches Gepolter, gefolgt von lautem Geschrei. Ich glaube, ich hatte fast keine Bodenhaftung mehr, als ich losrannte. Er war in vollem Tempo in diesen Mülltonnenverschlag gefahren! Dort angekommen sah ich Nick zwischen den Mülltonnen und seinem Fahrrad liegen, und dicke Krokodilstränen liefen ihm die Wangen hinunter. Ich befreite ihn aus dem Wirrwarr, nahm ihn in den Arm und sagte: »Schatzi, damit musst du doch rechnen, wenn du hier hineinfährst, dass du hinten nicht wieder hinauskommst!« Und er antwortete unter Schluchzen: »Ich kann doch noch gar nicht rechnen!«

Lila und Emil, der Elternschreck

Lila freut sich, denn sie fährt mit Nino und ihren Eltern zu Tante Anna, Onkel Paul und Cousin Emil. Emil ist genauso alt wie Lila, nämlich fünf Jahre. Lila hat ihn schon länger nicht gesehen, aber Mama sagt immer, dass Tante Anna ihr die skurrilsten Geschichten von Emil erzählt. Jetzt ist Lila natürlich neugierig, was es mit dem verrückten Emil so auf sich hat.

Nach einer, wie Lila findet, endlos langen Autofahrt sind sie endlich angekommen. Als Lila aus dem Auto steigt, sieht sie ihren Cousin schon mit seinen Eltern vor dem Haus stehen. Emil hat wilde Locken, und in seinen Augen blitzt es.

Er grinst Lila frech an, als sie aus dem Auto steigt und auf ihn zugeht. Mama und Tante Anna begrüßen sich herzlich und Tante Anna streichelt Nino über den Kopf und gibt Lila einen Kuss auf die Wange. Als Mama Emil ebenfalls knuddeln will, flitzt er schnell weg und rennt ins Haus. Tante Anna verdreht die Augen. So was, denkt Lila und rennt ihm hinterher.

Emil wohnt in einem Mehrfamilienhaus im zweiten Stock.

Lila stellt schnell fest, dass er ein Dickkopf ist, der eigentlich nie das tut, was man ihm sagt. Im Gegenteil! Beim Kaffeetrinken mault Emil über den Kuchen. Erst will er ein Stück Erbeerboden und dann doch wieder nicht. Als Tante Anna ihn ermahnt, er soll das Stück auf seinem Teller jetzt trotzdem essen, schmeißt er es kurzerhand, so schnell kann Lila gar nicht gucken, aus dem Wohn-zimmerfenster!

Nur Sekunden später hört man wildes Geschimpfe von der Straße kommen. Tante Anna eilt ans Fenster, nur um zu sehen, dass der Erdbeerkuchen – mit der klebrigen Seite zuerst – auf dem Kopf von Nachbarin Frau Hellmann gelandet ist, die gerade vom Friseur kommt. Zugegeben, das war für Frau Hellmann sehr ärgerlich, aber Lila muss lachen und sogar Mama und Tante Anna haben Mühe, ernst zu bleiben. Tante Anna erzählt, dass Emil einmal aus seinem Zimmerfenster gepinkelt hat, direkt an die frisch geputzten Fensterscheiben von Frau Hellmann! Kein Wunder, dass Frau Hellmann ihn nicht leiden kann. Lila muss lachen!

Trotzdem wird Emil ausgeschimpft. Aber das scheint ihn nicht zu stören. Er verzieht sich ins Gästezimmer, und will nicht, dass Lila und Nino mitkommen.

Also bleibt Lila bei Mama sitzen und schmollt. Ihr ist langweilig. Aber nicht mehr lange, denn wenige Minuten später steht Emil in der Tür und hinter ihm qualmt es gewaltig. Da sieht sogar Emil erschrocken aus! Tante Anna springt sofort auf und rennt ins Gästezimmer. Onkel Paul rennt ins Bad. Er scheint schon zu ahnen, was passiert war. Sekunden später rennt er mit einem Eimer Wasser ins Gästezimmer. Mama läuft hinterher und Emil steht in der Tür und sieht dem Treiben zu, als ob es ihn nichts anginge.

Lila schleicht Mama hinterher, sie ist neugierig. Im Gästezimmer ist es noch immer verraucht, aber Tante Anna hat schon das Fenster geöffnet. In der Gästecouch ist ein großes, schwarzes Brandloch!

Emil hat in einem der Regale ein Feuerzeug gefunden und die Couch angezündet. Lila ist sprachlos, dieser Emil hat Ideen! Onkel Paul ist stinksauer und zerrt Emil in sein Zimmer.

Ob Emil immer so ein Lausbub ist? Tante Anna klagt Mama ihr Leid. Emil ist wohl immer so ein Lauser, aber heute ist er besonders schlimm, weil er uns beeindrucken will.

Und Lila ist tatsächlich beeindruckt. Sie schleicht sich in Emils Zimmer und versucht erneut ihr Glück. »Wollen wir etwas spielen?«, fragt sie vorsichtig.

Emil sitzt auf seinem Bett und schmollt. Er hat ziemlichen Ärger bekommen. Aber er nickt. Die folgende Stunde verbringen die beiden mit Playmobil spielen und das geht mit Emil echt gut!

Nebenbei erzählt Emil Lila von seinen schlimmsten Streichen.

Sein bisher übelster Streich, über den Tante Anna sich am meisten aufgeregt hat, liegt schon ein Jahr zurück. Es war im Sommer, als Emil nackt in der Wohnung herumgelaufen ist, nachdem er auf dem Balkon im Planschbecken gespielt hatte.

Er hatte gemerkt, dass es drängelte an seinem Hinterausgang, aber keine Lust gehabt, auf die Toilette zu gehen. Also setzte er sich kurzerhand einfach im Wohnzimmer hinter die langen Vorhänge und erleichterte sich dort.

Da er ein reinlicher Junge war, wischte er sich danach mit den Vorhängen den Po ab. Tante Anna war entsetzlich wütend gewesen, erzählt Emil grinsend.

»Hast du denn keine Angst, dass dich irgendwann keiner mehr lieb hat, wenn du immer so schlimme Sachen machst?«, fragt Lila ihn.

»Warum? Alle regten sich fürchterlich auf, dabei habe ich mir doch hinterher brav den Po mit dem Vorhang abgewischt.«

Lila findet die Vorstellung auch irgendwie lustig. Emil war schon ein verrückter Kerl, aber sie mochte ihn.

Die beiden spielen noch eine Weile, bis Lila nach Hause fahren muss. Sie winkt Emil vom Auto aus noch zu und er winkt zurück. Lila freut sich schon auf den nächsten Besuch beim kleinen Emil Elternschreck.

Anna Dorb

Dialog zum Abendbrot

Neulich bei Hämpfels in der Küche

Sie: »Schatz, heute dauert das Essen etwas länger.«
Er: »Wieso?«
Sie: »Die Spülmaschine war fertig.«
Er: »Ja, aber die hab ich doch schon ausgeräumt.«
Sie: »Eben drum!«

Monika Kubach

Aufrüstung

Endlich habe ich mir die Kritik meines sozialen Umfelds zu Herzen genommen und meinen Computer mal auf Vordermann gebracht. Das war ja nun wirklich kein Zustand mehr! Als Erstes tarierte ich den REM-Kalibrierungsschlumpf endlich einmal korrekt aus. Danach deaktivierte ich den ADAC-Grafikflimmernacktmull und ersetzte ihn durch eine AC/DC-Deinstallationsverhindererlichtorgel, was schon eine ganze Menge ausmachte! Nachdem ich mir aus dem Internet die neuste Version des Magentagelbkornblumenblaupanikfilters heruntergeladen, mittig auf meinem Monitor festgetackert und mit dem im Lieferumfang enthaltenen P.E.N.-Code aktiviert hatte, war die Bilddarstellung auch schon eine ganz andere! Danach verknotete ich die Soundkarte sorgfältig mit der Grafikkarte und band die losen Enden zu einer PET-Schleife, um QVC-Endlosschleifen in Zukunft zu verhindern. Zusätzlich schloss ich einen USB-Raketenwerferabwehrschirm an den RTL-Port an, um den SAT1-Wert zu verzehnfachen. Dann musste ich nur noch den PVC-Sockengeruchsverstärker fest mit der Tastatur verschrauben, durch die ARD-Lasche ziehen und mit der kleinen ZDF-Kurbel ganz nach oben drehen, den ICE-Lüfterkarussellbeschleuniger einer gründlichen Reinigung unterziehen und den BRD-Mausefallenabwehrgenerator am Mousepad festnähen. Und schon war ich fertig. Ich denke, nun ist mein Rechner endlich wieder auf dem neusten Stand der Technik. Es wurde aber auch wirklich Zeit!

34er!

Bei der Arbeit habe ich mir das erste Mal Gedanken gemacht. Sollte wohl ein harmloser Scherz sein, aber ein so feinfühliger Mensch wie ich versteht subtile Anspielungen. Auf meinem Schreibtisch lag neben den Schoko-Körnerriegeln ein lieblos rausgerissener Zeitungsartikel. Mitten auf einem leeren Blatt Papier mit dicken, gelben, fluoreszierenden Strichen drumrum. Na ja, vielleicht hätte ich die Anspielung auch ohne meine sensible Ader verstanden:

Weniger Kraftfutter für Wellensittiche
Frankfurt/Main

Um zu dicke Wellensittiche auf Diät zu setzen, sollten Besitzer vor allem das Kraftfutter reduzieren. Stattdessen sollte das Tier mit mehr Gemüse und Obstschnitten gefüttert werden, rät der Bundesverband Deutscher Tierärzte (bpt) in Frankfurt. Vor allem Kolbenhirse sei sehr nahrhaft und mache dick: Sie sollte daher nur in kleinen Stücken gegeben werden.

Als mir mein Kollege dann auch noch einen Apfel anbot und dabei so unverschämt grinste, war mir alles klar. Dabei bin ich gar nicht so dick. Allerdings muss ich in Erwägung ziehen, dass die Kleidergrößen wohl doch keiner aktuellen Änderung unterliegen. Neulich hatte ich in einer Boutique noch einen Riesenalarm gemacht, weil die Textilindustrie wieder die Normgrößen geändert hatte. Mir hatte immer Jeansgröße 35 gepasst. Na ja, manchmal auch 36. Jetzt kam ich da nicht einmal mit Brecheisen rein. »Muss denn immer alles geändert werden?«, fragte ich die Verkäuferin.

»Können denn nicht wenigstens die Schnitte und Größen bleiben, wie sie waren?«

»Ja, genau«, erwiderte sie grinsend. »Bei den Kilos genau das Gleiche, da nehmen die jedes Jahr ein paar Gramm weg und so muss man sich ständig an ein neues Gewicht gewöhnen!«

Da kaufe ich nie wieder.

Deshalb hatte ich mich auch so auf unser 25-jähriges Schuljubiläum gefreut. Ich hatte begründete Hoffnung, dass ich noch ganz gut dabei bin. Bernd, der hatte doch schon auf dem Abschlussfest Geheimratsecken. Gaby, Martina und Frauke kannten Sport nur von der Diskussion am Samstagabend, wenn Vaddern Bundesliga sehen wollte. Und Knud und Dieter wurden schon damals die Kassler-Zwillinge genannt. Wenn man beim Handball beide ins Tor hätte stellen dürfen, wären die Spiele immer zu Null ausgegangen. Ich war also recht optimistisch.

Es wurde eine Katastrophe. Es fing damit an, dass mich der damals schon grenzdebile Frank gleich schulter-klopfend mit dem Spruch empfing: »Na, Olli, willkommen in der Midlife-Crisis, oder bei dir wohl eher Lebensmittel-krise!« Blödmann. Gaby, Martina und Frauke kannten sich immer noch, spielten »Steffi-Graf-geschädigt« eifrig Tennis in einer Mannschaft und wogen gemeinsam ungefähr so viel wie ich. Bernd hatte sich eine Glatze rasiert und sah schärfer aus als Bruce Willis zu seinen besten Zeiten. Die Krönung waren allerdings die Kassler-Zwillinge. Beide hatten die Quali für den Ironman auf Hawaii geschafft und hätten in jeder Surferwerbung mitmachen können. Und ich daneben, mit einer kneifenden 38er Jeans.

Als ob das alles noch nicht schlimm genug gewesen wäre, habe ich dann noch auf Mitleid gemacht und stetig

»Nun, ein wenig habe ich ja doch zugelegt.« gesagt. Ich habe an diesem Abend mindestens zehnmal gehört: »Ach Olli, das geht doch noch.« Da stand ich nun. Bald 45, mit einer »geht-doch-noch«-Figur. Na prima. Bin zwar feinfühlig, habe an diesem Abend aber nicht geweint! Nur beinahe.

Das nächste halbe Jahr habe ich dann fast alles probiert. Heilfasten. Klappte prima. Habe es ein ganzes Wochenende durchgehalten, bis auf die kurzen Unterbrechungen, weil ich unbedingt etwas essen musste. Dann Eierdiät. Ich möchte lieber nicht näher auf die Begleiterscheinungen eingehen. Dann habe ich mich zwei Wochen jede Nacht in Klarsichtfolie eingewickelt. Bis auf einen hartnäckigen Hautausschlag brachte es nicht viel. Sport habe ich auch getrieben. Im Wesentlichen hat das meinen Appetit angeregt. Als ich nach einem halben Jahr wieder eine Jeans kaufen wollte, hatte die Textilindustrie wieder zugeschlagen. Ich kam nicht einmal mehr in eine 36er hinein.

Dann erzählte ein Arbeitskollege von den Ernährungsberatung mit Punktezählen und so. Der erste Abend war ein Aha-Erlebnis. Nachdem ich erzählte, was ich so esse, empfahl mir die Leiterin, einen Beratervertrag bei der NASA anzunehmen. Es wäre die effektivste Astronautennahrung, die ihr je untergekommen sei. War zwar ein wenig beleidigt, aber auch nachdenklich. Und dann habe ich erst mal nur zugehört. Und irgendwann auch mal versucht, es umzusetzen. Was soll ich ihnen sagen. Wieder ist ein halbes Jahr vergangen und neulich habe ich in der eingangs erwähnten Boutique eine 34er Jeans gekauft. Saß ein wenig locker. Die Verkäuferin fand, dass sich so eine Hose hervorragend zum Tanzen eignen würde. Fand ich auch. Habe sie dann gleich eingeladen, und es wurde ein netter Abend.

Nicolas Fayé

Was reimt sich auf Ochsenfrosch?

Ich such' verzweifelt nach 'nem Wort,
es ist, als sei'n sie alle fort,
was reimt sich bloß auf dieses Tier?
Brauch' nur drei Worte oder vier,
Ich blätter' Wörterbücher schon,
doch kein Erfolg wird mir zum Lohn,
ich les' von hinten und von vorn,
bekomm' vom Suchen schon ein Horn.
Doch nichts reimt sich auf dieses Tier,
drum will ich endlich fort von hier,
will gar nichts mehr vom Reimen wissen
und kuschel mich in meine Kissen.

Ich bin jetzt mit dem Dichten durch,
denn nichts reimt sich auf diesen Lurch.

Annette Hillringhaus

Das Weihnachtsgewand

Heute legt der Weihnachtsmann
die Montur fürs Reisen an:
Wie schon seine Mutter sagte,
eine alte, sehr betagte

Frau von praktischer Natur:
»Es liegt an der Wäsche nur,
die man richtig wählen muss,
alles drüber ist der Guss.«

Also zieht der Weihnachtsmann
lange Unterhosen an,
Thermo-Shirt mit V-Ausschnitt,
dieses Jahr der neuste Hit.

Warme Socken, fein geringelt,
hat er noch, weil einst getingelt
er als Christkinds Helferlein,
packte die Geschenke ein.

Nun die Hose, rot und weich,
zieht er hoch und stutzt sogleich,
weil da irgendwas nicht passt -
ach, wie er das Anzieh'n hasst!

Unter einer Neonlampe
starrt er böse auf die Wampe,
die verhindert, ihn zu kleiden,
ohne eingequetscht zu leiden.

Auch die Jacke ist sehr knapp,
platzen schon die Knöpfe ab.
Und der Gürtel – ach wie dumm –
reicht nicht um den Leib herum!

Weihnachtsmann, es wird jetzt Zeit,
denn der Schlitten steht bereit,
also solltest du entscheiden,
dich nun anders anzukleiden!

Kurzerhand er schnappt ein Laken,
das da hängt an einem Haken.
Wie 'nen Umhang wirft er's über,
hängt noch ein paar Borten drüber.

Schnell noch Schuhe angezogen,
greift 'nen Stab sich mit 'nem Bogen,
noch was Hübsches nun als Hut –
Origami Wunder tut.

Verschämt er in den Spiegel blickt –
doch ist glücklich und entzückt,
denn er sieht nun prächtig aus:
wie der Bischof Nikolaus!

Anhang

Die Autoren

Ein Dutzend Autoren sollte es werden …

… jetzt sind es fünfzehn.

Okay.

Von uns Autoren verlangt man,
dass wir *schreiben* können.

Da kann man nicht auch noch verlangen,
dass wir *rechnen* können …

Monika Baitsch

ist die Autorin der Hilfmir-Bücher zur Stärkung des Selbstvertrauens für Kinder ab dem Vorschulalter.

Das »Hilfmir-Konzept« entstand 1999, als ihr älterer Sohn eingeschult wurde. In seiner Schultüte befanden sich ein kleines Stofftier und ein Brief, die der Auslöser dazu waren und zu erstaunlich positiven Ergebnissen geführt haben. Seitdem zieht sich »Hilfmir« wie ein roter Faden durch ihr Leben und das ihrer Kinder.

Inzwischen widmet sie sich auch anderen Themen, und so ist nun auch das Buch zum Musikabenteuer »ROB74 – und die Macht der Freundschaft« entstanden.

Weitere spannende Projekte sind bereits in Planung.

Infos und Leseproben unter: www.monika-baitsch.de

Sinje Blumenstein

*1976, freiberufliche Übersetzerin mit Leidenschaft für Geschichten und Kreatives. Zunächst nur ausgemachte Leseratte, nahm sie 16-jährig schließlich den Stift selbst in die Hand und schreibt seitdem am liebsten Kurzprosa fürs Herz. In ihrer Wahlheimat im Südharz lässt sich die gebürtige Thüringerin heute von der Natur zu Bild und Text inspirieren und arbeitet neben Anthologiebeiträgen auch an einem neuen Roman. Zuletzt betreute sie als Herausgeberin die Anthologie: »Mittendrin: Der Laubkönig erzählt«. Mehr aus der Schreibstube gibt es auf: http://sinje-blumenstein.blogspot.de.

Ulrich Borchers

In Flensburg geboren (1961), aufgewachsen, lebend. Geschichtenerfinder und seit 2009 auch Geschichtenschreiber. Fußballprofi klappte nicht (den Traum hat er mit elf Jahren aufgegeben), Lehrer wollte er irgendwann nicht mehr werden, und so wurde er Verwaltungsbeamter bei den Punkten im Kraftfahrt-Bundesamt. Er beteiligt sich an Literaturwettbewerben und Anthologieausschreibungen und hat so einige seiner Geschichten veröffentlichen können.

Mehr: http://ulrichborchers.jimdo.com/

Torsten Buchheit

schreibt humoristische Bücher. Aus seiner heiteren Lexika-Reihe sind bisher erschienen: »Alles betonieren, grün anstreichen – Heiteres Gartenlexikon«, »Spachteln, Abschleifen, Schwamm drüber – Heiteres Heimwerkerlexikon«, »Kochen, Kinder, Katastrophen – Heiteres Haushaltslexikon«, »Alle Jahre wieder Schöne Bescherung – Heiteres kleines Weihnachtslexikon« und als Wendebuch: »Vollgas, Vollidiot, Vollkasko – Heiteres kleines Lexikon vom Autofahren«.

Zusammen mit Anke Höhl-Kayser und Annette Hillringhaus schrieb er die Hommage »Irgendwas mit Wuppertal«. Mehr auf seiner Website:
www.NIMMSmitHUMOR.de

Sofie Capasso

wurde 1977 in Südhessen geboren, wo sie bis heute mit ihrem Mann und ihren drei Kindern lebt. Schon in ihrer Jugend schrieb sie gerne Kurzgeschichten und nahm an Schreibwettbewerben teil.

Die Begeisterung ihrer Kinder für lustige Geschichten inspirierte sie, selbst Bücher zu schreiben. Nach vier Kinderbüchern, die zwischen 2009 und 2012 bei BoD erschienen sind (Lila Lockenkopf Band 1 und 2, Teddy Tinos Weihnachtstagebuch, die Geschichten-Schatzinsel), erscheint nun im Herbst ihr Jugend-Fantasy-Roman »Ozeanaugen« im p.machinery Verlag. Weitere Infos zu Sofie Capasso finden Sie auf www.sofiecapasso.de.

David Damm

wurde 1979 in Berlin geboren. Nach dem Abitur studierte er an der Humboldt-Universität zu Berlin Informatik und Mathematik. In dieser Zeit entstanden neben zahlreicher Lyrik auch zunehmend Kurzgeschichten. Im Jahr 2003 wurde die Geschichte »Jugendliebe« in der Anthologie »Verliebt in Berlin« veröffentlicht. 2012 erschien sein erstes Buch mit dem Namen »An meine Liebe«. Es enthält zahlreiche Gedichte, Kurzgeschichten und Fotografien. Mehr Infos unter www.an-meine-liebe.de und www.silbenton.de.

Anna Dorb

Der Kater »Herr Hämpfel« brachte sie 2007 zum Schreiben, und seitdem hört sie nicht mehr auf damit. So hat die in Marktheidenfeld geborene Tochter eines Bänkelsängers inzwischen fünf Bücher, darunter drei über ihren Kater, veröffentlicht. Ein Ende ist derzeit nicht in Sicht. Seit Juli 2011 hat sie ihre eigene Kolumne im Wochenblatt Berchtesgadener Land. Unter ACHTUNG SATIRE schreibt sie hier ihre selbst gemachten Nachrichten, die via EPaper auch im Internet zu lesen sind. Weitere literarische Beteiligungen an Blogs und Anthologien, sowie Lesungstermine können auf ihrer Internetseite unter www.anna-dorb.de eingesehen werden.

Vasilisas Dykstra

wurde 1959 in Bardenberg geboren und wuchs in einer internationalen Familie auf. Hieraus resultiert ihr Interesse an Fremdsprachen, Reisen und fremden Ländern. Durch ihren weltweiten Freundeskreis erhält sie immer wieder neue Ideen für Geschichten. Unter dem Pseudonym Victoria Bingham schreibt sie Kinderbücher, von denen »NILI – Das Flusspferd mit der platten Nase« bisher veröffentlicht ist.

Internet: www.romanzeit.de

Nicolas Fayé

wurde 1962 in der alten Kaiserstadt Aachen geboren und schreibt seit frühester Jugend Kurzgeschichten und Gedichte. Sein erster Roman war »Wie das Flüstern der Zeit«, der in der späten Bronzezeit angesiedelt ist. Weiter schrieb er die »Griechische Mythologie für Anfänger«, von denen bisher drei Bände erschienen sind, und die den Leser humorvoll in die Welt der griechischen Götter und Helden entführen.

Internet: www.romanzeit.de

Annette Hillringhaus

Toll! Jetzt soll ich auch noch was über die Annette Hillringhaus sagen! Hm. Die ist eine Frau, die als Baby 1968 geboren wurde. Da war sie noch sehr klein. Danach hat sie Kunstgeschichte studiert und war 15 Jahre lang im Museum. Sie schreibt Kinderbücher – wer braucht denn so was! Angeblich liebt sie Humor. Gibt nur Falten. Die soll mal lieber nicht immer so rumlachen. Lachen – so weit kommt's noch! Mir fällt zu der Frau einfach nichts ein. Aber sie hat eine Homepage, die hilft vielleicht weiter – wen es unbedingt interessiert. Also, ich würde es ja nicht tun, da reinschauen. Echt! www.annette-hillringhaus.com

Gruß vom kleinen roten Osterei!

Anke Höhl-Kayser

wurde 1962 in Wuppertal geboren. Sie studierte Literatur-
wissenschaften und schloss das Studium an der Ruhr-Uni-
versität Bochum mit dem Magister Artium ab.

Seit 2009 ist Anke Höhl-Kayser als freie Lektorin und
Autorin tätig.

Bisherige Veröffentlichungen: Ronar (Fantasy-Trilogie),
Irgendwas mit Wuppertal mit Torsten Buchheit und
Annette Hillringhaus (heitere Wuppertal-Hommage), Stille
wird hörbar wie ein Flüstern (Lyrik) sowie diverse
Kurzgeschichten und Gedichte in Anthologien.

Sie ist verheiratet und lebt mit ihrer Familie und Hund
in Wuppertal. Website: www.hoehl-kayser.de

Heidi Christina Jaax

wurde 1961 in Daun/Eifel geboren. Ihre beiden Kinder sind
bereits erwachsen, lediglich Findelhund Lady lebt noch bei
ihr. Literarisch gehört ihre Liebe dem historischen Roman,
sie beschäftigt sich auch intensiv mit der Ahnenforschung
der Familie Mastiaux de Namay. Bisher von ihr erschienen
sind: »Anekdoten aus alter Zeit«, »Eine Kindheit im Eifel-
dorf«, »Dunkle Wolken über Bernice« (Historischer
Roman), »Lady, Tagebuch eines Findelhundes« (Charity-
buch), »Jetzt ist ein guter Moment« (Anthologie). Aktuelles
finden Sie auf ihrer Website: www.autorin-hchjaax.com/.

Monika Kubach

wurde 1970 heimlich unters Volk gemischt und bestraft nun ihren Ehemann durch ihre bloße Anwesenheit für all seine Sünden. Mit ihrer Satire »Gut gelaufen, Thisbe! – Ida Obersteyns Tagebuch 2011« versucht sie, ihre Leser in den Wahnsinn zu treiben. Da sie nicht ganz dicht ist, beschloss sie Dichter zu werden und veröffentlichte das Lyrikwerk »150 Limericks – Eine Reise durch Deutschland«. In ihren Beiträgen für diverse Anthologien wird Humor immer großgeschrieben, da es sich um ein Substantiv handelt. Ein Ende ihres schriftstellerischen Schaffens ist leider nicht in Sicht.

Pamela Menzel

debütierte 2010 mit ihrem humorvollen Roman »Gehe ich auf meine Beerdigung?«, dem sie 2011 den Mystery-Thriller »Das Haus in der Normandie« und im November 2012 den Spukroman »Somerset Hall« folgen ließ. »Finja hat keine Angst vorm Fliegen – oder warum Flugzeuge nicht vom Himmel fallen« (November 2012) ist ihr erstes Kinderbuch. Zudem publizierte sie die Bildbände »Der Kölner Melatenfriedhof in Bildern« (Mai 2012) sowie »Omaha Beach – eine Reise in die Gegenwart der Vergangenheit« (März 2013). Derzeit arbeitet sie an weiteren Roman- und Bildbandprojekten. Mehr unter www.pamela-menzel.de.

Manu Wirtz

ist Jahrgang 1959 und gebürtige Solingerin und von Beruf Kommunikationsdesignerin. Seit Jahren arbeitet sie im Marketing, PR, in der Werbung, für Buchverlage und Druckereien. Manu Wirtz lebt heute als freie Grafikerin und Autorin in der Eifel mit ihrem Ehemann und der Katze Jule. Zudem veranstaltet sie die Gemeinschaftslesung LIT-West. Mehr Infos unter www.katzenkrimi.com.

Bibliographie: Katzenfeuer, Samtpfote jagt Feuerteufel, ISBN: 978-3-848-22242-1, Hrsg. Krimis mit Fell und Schnauze, ISBN 978-3-842-37050-0, Todes-Wind, Samtpfote auf Mörderjagd, ISBN: 978-3-8391-5307-9, Erste Hilfe am Hund, ISBN: 978-3-86127-717-0.

Bildnachweis

Das kleine rote Osterei (S. 18)   Annette Hillringhaus
© VG Bild-Kunst Bonn 2013

Schreibtisch (S. 34)   Torsten Buchheit

Traurige Tasse (S. 39)   Monika Kubach

Kamera (S. 50)   Sinje Blumenstein

Schmusebär (S. 57)   Monika Kubach

Mann im Boot (S. 60)   David Damm

Salzburg (S. 76)   Günter Schaller, Hannover

Kissen mit Feuerzeug (S. 88)   Monika Kubach

Weihnachtsmann (S. 97)   Annette Hillringhaus
© VG Bild-Kunst Bonn 2013

Zeichnungen (S. 11, 21, 27, 31, 36,   ARI Data, Willich
44, 47, 62, 68, 71, 84, 90, 95)

Kontakt mit den Autoren

Die Idee zu dieser Anthologie entstand in einer Autoren-gruppe auf Facebook. Und auf Facebook können Sie, liebe Leser, in Kontakt mit den Autoren treten. Besuchen Sie dazu einfach die Facebook-Seite dieses Buches:

https://www.facebook.com/pages/Im-Dutzend-witziger/484473164973676

Oder Sie benutzen diesen freundlich lächelnden QR-Code, der Sie direkt auf die Seite führt. Wir freuen uns auf Sie!